Belinda Cannone

Le sentiment d'imposture

Gallimard

Cet ouvrage a été originellement publié aux Éditions Calmann-Lévy. Il a obtenu le Grand Prix de l'essai de la Société des gens de lettres en 2005.

Belinda Cannone est romancière et essayiste.

Mauvais rêve

Tu rêves.

Tu viens d'arriver au château. Disons au château. La raison pour laquelle tu t'y trouves n'est pas claire : par hasard ? invité ? tu aurais une tâche à y accomplir ? Tu y es.

Tu ne t'y sens pas très bien, mais ce n'est encore qu'un sentiment diffus. Ensuite tu es près d'une table servie, entouré de convives. On te désigne un siège, tu t'y assois. Mais tu t'aperçois que les autres sont encore debout et tu devines que tu aurais dû attendre que la maîtresse de maison donne le signal. Tu te lèves vivement puis te rassois ensuite, ridicule, avec un peu d'affolement. Quelqu'un t'a-t-il remarqué ?

Devant toi, des tas de verres, de couverts aux formes étranges. Tu essaies de convoquer un vague souvenir des usages de la table, mais tu ne sais pas quand, comment te servir de tout cela. Le petit pain à ta droite, est-ce le tien ou celui de ton voisin ? La conversation roule tranquillement sur des sujets auxquels tu ne comprends goutte. Tu n'entends presque rien parce que tu sens tout ton être se contracter de minute en minute plus péniblement. On ne s'adresse pas à toi. Tu observes à la dérobée le comportement des autres. Ils ont l'air content, à l'aise. Toi, tu es dans la place où tu es convaincu de n'avoir pas ta place. Tu n'as rien à faire ici, même si tu te souviens que tu avais faim.

Tu penses que ce qu'on vient de mettre dans ton assiette est une sorte de poisson. Tu n'as jamais su manger un poisson sans que l'opération tourne au désastre. Tu espères que tes voisins n'ont pas remarqué que tu commences à suer. Tu t'essuies le front avec ta serviette. La dame en face de toi te lance un bref regard, réprobateur te semble-t-il, puis reprend la conversation.

Tu te dis qu'ils savent tous que tu es un intrus. Tu commences à guetter les regards, sans parvenir à savoir s'ils t'observent ou non. Un couple chuchote. Parlent-ils de toi ? Tu essaies de te raisonner. Tu as toujours rêvé d'être reçu au château. Tu ne te souviens pas si aujourd'hui tu as été invité, ni quand. Tu as pourtant, cela tu en es certain, fait tout le chemin jusqu'ici, tu te rappelles les arbres du chemin, les étoiles au ciel, le long sentier escarpé.

Tu essaies de faire bonne figure, mais la sueur coule dans tes yeux et tu as une pierre dans le corps. Tu sais bien que tu es un imposteur. Tu le sais.

(Parenthèse programmatique

Quand un mot n'existe pas, ou pas encore, c'est que l'objet qu'il désigne [désignera] n'est pour l'instant pas identifié. Ce dont tu veux parler n'a pas d'appellation. Or tu es persuadé que ce sentiment — puisqu'il s'agit d'un sentiment — est très répandu, mais obscur. Tu es donc obligé d'inventer un terme qui recouvre l'objet. Par ailleurs, tu vas être amené à décrire cet objet le plus précisément possible pour lui donner un contour ; décrire, c'est-à-dire détacher intellectuellement dans le continuum du monde un objet. Tu proposes, faute de mieux, de le nommer « sentiment d'imposture ».)

L'enfant

Enfant, tu habitais un petit village de Bisagne où ton père était fonctionnaire d'une administration locale et ta mère institutrice. Tu allais dans sa classe que fréquentaient trente enfants de tous âges avec lesquels tu jouais de bon cœur au soupillon et au dinturle, mais tu t'y sentais un peu à part, trop bon élève, ne parlant pas exactement la même langue qu'eux, vaguement gêné par ton rapport privilégié avec l'institutrice. Plus tard, on t'a proposé de suivre les classes préparatoires pour te présenter à l'École supérieure des travaux de carrière (on ne savait pas ce que c'était dans ta famille, les enseignants ont dû l'expliquer). Tu as bien travaillé, tu étais intelligent, et tu es devenu grand ingénieur de carrière. Longtemps pourtant, tu ne t'es pas débarrassé d'un sentiment d'imposture qui te rongeait secrètement. Toi, le petit provincial bisagnon, qu'est-ce que tu faisais donc à l'École, parmi ces jeunes gens sûrs d'eux, puis ensuite parmi ces brillants carriéristes ? Oh, bien sûr, tu travaillais beaucoup, tes dossiers de carrière étaient parfaits, tes collègues t'appréciaient vraiment, c'est toi qui dénouais souvent les problèmes de chantier. Combien de verres de magoude avez-vous partagés après chaque opération réussie, avec cette tranquillité des travailleurs contents d'eux et des autres ?

Alors ? Pourquoi cette conviction que tu occupais une case qui n'avait pas été prévue pour toi ?

Avec le temps, le sentiment d'imposture s'est dissipé. Pour trois raisons. D'abord, le temps remplissait son office et te contraignait à admettre le fait qu'on t'appréciait, et d'ailleurs tu savais que tu travaillais bien. Ensuite, parce que tu t'es aperçu — car tu avais l'oreille fine à ce sujet, un spécialiste — que d'autres, qui n'auraient pas dû le connaître (d'après toi), qui avaient suivi une voie sans ornières (tu disais « la voie royale »), qui étaient destinés de toute éternité à devenir grand ingénieur de carrière, d'autres partageaient aussi ce sentiment d'imposture. Tu as commencé à te dire que le sentiment d'imposture ne correspondait peut-être à rien de réel, ne reposait sur aucun élément objectif, qu'il s'agissait plutôt d'une représentation, celle que vous, frères en *imposture*, vous faisiez de la forme de la « case » dans laquelle vous étiez entrés. Une case dessinée par un parcours de formation, puis des exigences concernant la nature du bon carriériste. Mais ces exigences étaient-elles si claires ? Et qui donc pourrait réussir à être conforme à une case ? Et surtout : il y avait comme un fossé entre ta représentation confuse mais intime de toi-même, et celle de l'être qu'il aurait fallu être (imaginais-tu vaguement) pour occuper *légitimement* cette case. Tu as commencé à penser que ce sentiment si puissant, si ravageur, qui te conduisait parfois à te sentir tellement misérable parmi tes pairs, n'était peut-être rien de plus qu'une chimère de ton esprit, une pure illusion.

Enfin, troisième raison pour laquelle le sentiment d'imposture s'est dissipé, tu étais devenu poète. Sans doute un résidu de l'étrangeté de l'enfance, et un irrépressible besoin de formuler, puisque tu avais tellement l'habitude de regarder le monde de biais, tu finissais par apercevoir des choses qui devaient être dites et partagées, pensais-tu. Tu écrivais, en dehors de tes heures de travail, et tu publiais tes poèmes dans des petites maisons d'édition. Tu devais batailler pour placer tes œuvres. Monsieur, vous ne nous rapportez rien, te signifiaient les éditeurs, et ce que vous écrivez est un peu bizarre. Mais tu finissais toujours par trouver un enthousiaste, et tu continuais. En aucun cas tu n'aurais pu dire si tes poèmes valaient quelque chose. Une puissance surnaturelle serait descendue t'avertir que tu perdais ton temps, tu l'aurais crue sans peine. Et tu croyais aussi l'inverse possible. Bref, tu ne savais pas. Et pourtant, tu étais certain que tu devais continuer, que c'était là *ta place*, le lieu où tu devais t'obstiner, à tes risques et périls, sachant qu'il ne resterait peut-être rien de tes œuvres, qu'elles étaient peut-être mauvaises, mais que tu devais essayer. Sur ce terrain, tu étais peut-être un épouvantable poète, mais pas un imposteur. Cela t'a appris que le sentiment d'imposture n'avait rien à voir avec la valeur. Ce n'était décidément qu'une représentation, de la case et de soi-même.

Tu as pris l'habitude de parler des *imposteurs*, non pour désigner des professionnels de l'imposture (ceux qui occupent en effet une place à laquelle ils n'ont pas droit, ceux qui mentent, qui trichent, qui en « imposent »), mais pour parler de ceux qui souffraient comme toi de cette invention de leur esprit : le sentiment d'imposture.

Un secret

Tu as gardé la connaissance intime du sentiment d'imposture. Tu repères à leurs premiers mots les *imposteurs* (tu mets le terme en italique pour les distinguer des véritables imposteurs). Tu les devines. Ils se sentent mal à l'aise mais ne le disent pas. Ne peuvent le dire. On peut mettre en doute sa valeur devant les autres, jamais afficher son *imposture.* Au contraire, on souhaite ardemment qu'ils ne s'en aperçoivent pas. Sinon (on le croit), on serait chassé du château comme un voyou, comme un usurpateur. Quelle chance a celui qui peut dire : « Sur ce plan-là, je ne suis pas très fort, et sur ce point-là je n'ai pas bien réussi. » Il sous-entend qu'il pourrait certes être meilleur mais que de toute façon il est à sa place. À table, il massacre son poisson et dit en riant — ou même confus : « Je n'ai jamais su m'en tirer avec ces animaux. » Il sous-entend qu'il est à sa place à cette table. L'*imposteur* ne se sent pas légitime au repas, ne s'y croit pas invité, ou alors invité par erreur. Et sa plus grande peur, c'est qu'on s'en aperçoive.

L'*imposture* est une affaire secrète. L'*imposteur* tremble à l'idée qu'autrui finisse par s'apercevoir de ce qu'il est — ou plutôt de ce qu'il n'est pas. La plupart du temps, autrui semble penser que nous occupons légitimement notre place (il nous a d'ailleurs invité au château), mais dans le secret de notre chimère, nous ne croyons pas à cette légitimité, nous pensons qu'autrui s'est trompé et nous tremblons d'être découvert.

Avec le temps, t'est venu le soupçon que le monde était fait de tant de cases, si bien quadrillé, organisé, dessiné à l'avance, mais souvent cases si complexes, et donc floues, qu'il était inévitable que le sentiment de soi, nécessairement vague comparé à la rigidité des cases, n'y corresponde pas. Les *imposteurs* devaient être légion. Dans le secret de leur esprit.

Origines

Tu aurais aimé *qu'imposture* vienne d'in-posture, non-posture, fausse posture, posture problématique. Mais non. Le *Dictionnaire historique de la langue française* te dit : en 1174-1176, on trouve une première fois *emposture*, adapté du latin impérial *impostura* (tromperie), dérivé de *imponere* (en imposer, au sens de mentir, tromper par des discours mensongers). Installé dans la langue française par Rabelais (réjouissant) en 1534. L'acception contemporaine d'imposteur, « personne qui usurpe un nom, une qualité qui ne lui appartient pas », date de 1668.

Imposteur est donc lié à l'idée d'en imposer, de mentir sur sa nature et d'adopter ainsi une posture usurpée, d'occuper illégitimement une place. À ceci près que ceux dont tu parles ici ne le font pas volontairement, ne le font même pas du tout : ils se *prennent* pour des imposteurs, c'est leur rêve grinçant, leur cauchemar, leur peur — pas leur identité. Ce que tu veux décrire : une de ces formations chimériques de l'esprit qui obsèdent un être, conditionnent parfois sa vie (un aspect de sa vie), ou du moins la gâchent ponctuellement. Et toi, tu vas pourchasser la chimère car tu sais qu'elle a des chances de s'évanouir sous les assauts de la description.

De certains de tes amis tu pourrais dire qu'ils sont des *imposteurs* de l'existence : ils n'ont jamais été convaincus de la légitimité de leur présence au monde. Tu les vois vivre doucement, silencieusement, ayant l'air de toujours chuchoter : « Excusez-moi d'exister, mais ce ne sera pas long… » Pour ceux-là, cette posture inaugurale, être debout sur la terre, ne va pas de soi. Mystère de ce qui a sans doute été retiré dès la naissance, l'amour qui seul peut nous donner à croire que nous sommes attendu, désiré. Nous sommes d'abord justifié par le ravissement des tout premiers qui se penchèrent sur notre berceau, nous signifiant : « Existe, ta vie est nécessaire à notre bonheur. » Croyance première qui assure notre pas. D'autres sortes d'embûches se présenteront (et peut-être d'autres raisons de nous sentir *imposteur*), mais nous resterons verticaux.

Aujourd'hui, l'*imposteur* de l'existence traverse la rue, pressé par un rendez-vous urgent. Il court, s'inquiète d'être en retard, le voici devant la chaussée, le passage pour piétons se trouve trente mètres en amont, tant pis, j'y vais, trop urgent, il traverse et rejoint l'autre rive… Mais quelle est soudain cette petite écharde dans le cœur ? Oh… c'est la tentation d'aller se dénoncer tout de suite au premier poste de police.

Kafka raconte comment, une des rarissimes fois où il demanda l'autorisation de s'absenter du bureau pour une journée, lui, l'excellent employé, juste pour une journée, il joignit à sa demande la radio de ses poumons malades. Et tu connais quelqu'un qui écrivit aux impôts pour leur signaler que, une année, ils s'étaient trompés, à la baisse, sur le montant dû.

Ce terrible besoin de n'être pas en faute — en plus.

La châtelaine

À force de réfléchir au sentiment d'imposture, tu as fini par le repérer dans bien des œuvres et des situations qui paraissaient de prime abord raconter autre chose. *Rebecca :* dans le roman de Daphné Du Maurier (1938), comme dans la belle adaptation qu'en a tiré Hitchcock (1940), une simple et jolie jeune fille épouse un richissime et veuf lord anglais dont elle est amoureuse. Le conte de fées commence à s'effriter lorsqu'elle arrive à Manderley (au château) et constate que la place de lady de Winter est prise : la somptueuse Rebecca, dont le bateau a sombré un jour de tempête, hante les lieux et les esprits. Dans le film, on ne verra jamais cette femme qui a apposé son « R » partout et qui vivait dans la plus belle aile de la demeure, à présent fermée. Rebecca est une sorte de fantasme auquel la nouvelle femme confronte sa propre médiocrité (pense-t-elle). *Imposture* — au téléphone, quand on demande lady de Winter, elle répond que celle-ci est morte il y a un an.

La jeune fille pauvre et à l'identité si floue qu'elle n'est jamais nommée (il faudra attendre la fin du roman, la résolution de l'énigme, pour qu'elle accède enfin à un nom propre : « C'est moi maintenant qui suis Mme de Winter »), ignore les usages du grand monde, ne sait pas se comporter avec les serviteurs, se déplace furtivement, ne s'intéresse pas à sa tenue, n'arrive pas à remplir la place considérable laissée vacante par Rebecca — place qu'elle n'est pas certaine de pouvoir combler dans le cœur de son mari non plus. Le mariage (comme dans la vie le simple passage du temps) en a fait une femme. Mais comment est-ce d'être une femme ? Elle se met en quête d'informations : comment était Rebecca ? comment vivait-elle ? Et l'on sent que derrière ses interrogations, lorsqu'elle demande : comment est-ce d'être Rebecca ? sa question signifie : comment est-on femme ? Aucune réponse ne pourra la rassurer : la femme Rebecca était « la plus belle créature » qu'on ait jamais vue (ceci pour le physique), intelligente et spirituelle (ceci pour l'esprit), pleine de goût et sachant s'habiller (ceci pour la distinction), naviguant comme un marin (excellente même sur un terrain masculin), admirée de tous (ceci pour la fierté du mari). Les représentations de Rebecca construisent l'image idéale de LA femme. Et quelle femme de chair et de sang pourrait être LA femme ? Case abstraite (d'où l'invisibilité de Rebecca), forme superlative de la féminité à laquelle la jeune fille à peine sortie de l'enfance ne peut correspondre.

Tu penses à ces femmes qui t'ont confié un jour souffrir de ne pas savoir ce que c'est qu'être une femme. Dans le secret de la confidence, elles te disaient cette étrange difficulté à se sentir féminine (toi, tu les trouvais parfaitement féminines) et tu voyais leurs efforts, en rajoutant dans les signes extérieurs de féminité, ou bien au contraire un peu garçonnes, ou encore agressives, anti-hommes — façon maladroite de se persuader de leur identité en affirmant une ontologique différence, tout à leur avantage. Tu as ainsi compris qu'être femme était aussi une posture. Car une femme est un être doté d'un corps de femme. Hors cette évidence biologique, tu ne saurais dire ce qui distingue les femmes. Un cerveau de femme, qu'est-ce que c'est ? Pas sûr qu'au-delà des (dé) formations culturelles on puisse jamais trouver une spécificité féminine. Au-delà des effets d'apprentissage, de mimétisme, de conditionnement, rien n'a jamais permis de distinguer un cerveau de femme d'un cerveau d'homme. On ne naît femme que physiquement. On le devient en s'identifiant à des modèles maternels puis aux modèles que la culture au sens le plus large met à notre disposition (modèles peu souvent gratifiants, d'ailleurs). Dans certains cas, les identifications vont de soi. On a alors l'impression d'être une femme sans l'ombre d'un doute, même si on ne sait pas exactement ce que ça veut dire. Dans d'autres cas, cette identité est problématique. Il est vraisemblable d'ailleurs que les femmes qui ne se sentent pas féminines ne se sentent pas masculines pour autant, qu'elles ne se sentent rien. On se confronte alors à des modèles fantasmatiques inaccessibles, les Rebecca, auxquelles, faute de savoir s'inventer, l'*imposteur* au féminin désire vainement se conformer.

Un homme, un vrai

Ça n'est pas beaucoup plus évident pour les hommes — Rebecca a un frère : le bel Antonio.

En Sicile, pays de Pirandello (auteur comme nul autre de l'imposture, du soi divisé, multiplié, errant), être un homme n'est pas une mince affaire. Et si tu as tendance à croire que cela ne l'est nulle part, il se trouve que plusieurs auteurs siciliens ont écrit sur cette question. Leonardo Sciascia note : « Une bonne partie des rêves des Siciliens continuent de tourner autour de la femme. Le devoir envers la femme demeurant un devoir-être : on est un vrai Sicilien si on *a* des femmes, si l'on est obsédé par elles, parce que telle est la nature de l'homme véritable. Ravagé par une insécurité profonde, une terreur existentielle, une instabilité fondamentale, le Sicilien doit répondre, par force, à l'appel du sexe. » Et il ajoute que « le Sicilien est intimement convaincu qu'il est le meilleur pour les choses de l'amour et de la sexualité[1] ». En somme,

1. Leonardo SCIASCIA, *La Sicile comme métaphore*, Stock, 1979.

tout comme la jeune fille confrontée à l'image de Rebecca et se demandant ce que c'est qu'être une femme, le jeune homme sicilien mis en face d'une telle exigence, d'un rôle aussi grandiose et flou (qu'est-ce qu'être « le meilleur en amour » ?) a de fortes chances de ne pas pouvoir occuper la place et de se sentir *imposteur* dans les affaires viriles.

Vitaliano Brancati, dans *Le Bel Antonio* (1949), ne traite pas d'autre chose. Antonio est si beau que nul ne résiste à son charme et ses parents même doivent assouvir leur désir de le caresser. Une telle beauté ne peut parer qu'un don Juan : or, au bout de trois ans de mariage, l'indiscrétion d'une servante révèle au monde que le bel Antonio est... impuissant. Dans le film que Mauro Bolognini a tiré du roman (1960), le père incarne à merveille la forfanterie masculine : il trace le destin du fils en lui prêtant une vie de Casanova et en rappelant sans cesse sa propre vigueur. De quoi être écœuré : le fils en effet paraît affecté par cette sorte d'obscénité du père. Et comme on voit des enfants faire, en guise d'inconsciente et radicale protestation, tout le contraire de ce que les parents attendaient d'eux, le bel Antonio ne peut sacrifier aux exigences du mariage. Au-delà de l'anecdote, l'histoire raconte toute la difficulté de se conformer à la case de la virilité telle qu'elle est proposée par les Siciliens : Antonio est un tendre qui ne peut que se sentir *imposteur* dans le rôle outré où sa culture le place.

À tes amies féministes (que tu soutiens d'ailleurs

sans réserve), tu rappelles souvent que, même pour ceux qui ne sont pas siciliens, il n'est pas si simple d'être un homme et que les images prêtes à porter peuvent même être assez terrifiantes.

Hypothèse : le double

Tu te rappelles cette plaisanterie : dans un couple, tous les malentendus sont possibles car on se croit deux quand en fait on est toujours six — celui que je suis, celui que tu es, celui que tu crois que je suis, celui que je crois que tu es, celui que je crois que je suis, celui que tu crois que tu es.

Tu admets avec les spécialistes que l'identité non problématique résulte de la parfaite coïncidence entre trois images : l'image qu'on a de soi-même ; celle qu'on donne à autrui ; celle qu'autrui nous renvoie.

Pour décrire la souffrance de l'*imposteur*, il faut s'en tenir au moment de la constitution de la première image. Car la plupart du temps, l'*imposteur* s'efforce de donner une image crédible de lui-même comme occupant de sa case (deuxième image), ce que presque toujours les autres confirment (troisième image). Mais l'image qu'il a de lui-même est dédoublée : l'*imposteur* héberge, à côté de (ne coïncidant jamais avec) son sentiment global de lui-même, un double inatteignable, celui qu'il croit qu'il devrait être et qui agit sur lui comme un reproche permanent. Ce double fantasmatique intervient en tiers dans la relation de l'*imposteur* avec autrui, dans la mesure où l'*imposteur* redoute sans cesse qu'autrui ne le démasque, c'est-à-dire ne réalise qu'il (celui qu'autrui perçoit) ne coïncide pas avec le beau et séduisant personnage qu'il devrait être.

Le pauvre

Jacques venait d'une famille très pauvre d'immigrés espagnols, et il avait réussi sa vie (comme on dit) par sa seule force. Homme parfait, honnête, respectable et respecté. Il était beau mais sévère, manquait trop de compassion envers lui-même pour s'autoriser à être heureux. Il portait souvent la main à son cœur. Lorsqu'un jour tu lui as demandé la raison de ce geste répété, il t'a confié qu'il vérifiait ainsi qu'il avait son portefeuille sur lui, c'est-à-dire plus exactement : ses papiers d'identité.

Être pauvre, dans un monde où l'argent est l'indice de la réussite, et donc de la valeur, rend étranger dans tous les lieux qu'on traverse, empêche qu'on soit sûr des protocoles, des codes, donne la conviction que le monde n'est pas exactement prévu pour soi tel qu'on est, qu'on a été imparfaitement programmé.

L'affreuse humilité des pauvres, l'espèce de honte qui les saisit parfois, ressemble fort — ou tu te trompes — au sentiment d'imposture. Si l'on n'a pas d'argent, c'est qu'on n'a pas joué le jeu de la case (pas su, pas pu), et donc que la sanction est tombée : on manque du signe de la valeur telle qu'instituée par la démocratie marchande.

Tu as lu sous la plume d'un romancier sagace que, quand on naissait pauvre, on le restait toute sa vie, même si l'on devenait riche. Car il ne suffit pas d'avoir de bonnes manières, du goût ou de la culture : il faut que tout cela soit « naturel ». La caricature de celui qui n'a pas su « naturaliser » ses acquisitions : le « nouveau riche ». Plus insidieux, le redoutable commentaire des nantis qui vient toujours comme une explication globale et vague de la personnalité de quelqu'un, si brillant soit-il : « Il vient d'un milieu très populaire. » Le privilège de la naissance n'est pas seulement une croyance d'Ancien Régime. On a beau être entré dans l'idéologie du mérite (chacun valant par la somme de ses actes et non par la grâce de sa naissance), reste que tel fauteuil Empire a beaucoup plus de prix (symbolique) s'il nous vient de notre grand-mère que si on l'a acheté à un antiquaire, car dans le premier cas il est naturalisé par la transmission : la puissance est un donné au lieu d'être un acquis. L'ancien pauvre est souvent partie prenante de cette vision, il se sent *imposteur* parce qu'il se souvient que ce que d'autres possédaient en naissant, il a dû, lui, l'« emprunter ».

Le poète

Pourquoi ne t'es-tu jamais senti *imposteur* en te faisant poète ? Car tu connais, certes, de mauvais poètes, mais aussi des poètes imposteurs, de ceux qui font non pas ce qu'ils peuvent, comme tout artiste est voué et même condamné à le faire, mais qui se créent une place dans le monde des poètes, à force de roublardise, de paresse et de soumission conformiste à ce qu'on attend d'eux (sachant qu'aujourd'hui le conformisme consiste souvent à « déranger », comme ils disent...). Tu ne parles pas de ceux-là qui sont les imposteurs professionnels, ceux qui prennent la pose, la posture — les faiseurs.

Les autres, mauvais ou bons, courent ce risque majeur d'une vie passée à noircir du papier, sans savoir s'ils ne devraient pas mieux consacrer les précieuses minutes de leur existence à autre chose, à des plaisirs plus immédiats, plus sûrs. Et pourtant ils sentent qu'ils doivent s'essayer, s'obstiner dans cette voie.

C'est leur posture. Mais ce n'est pas une *place*. Il n'y a plus de case prévue pour les artistes depuis plusieurs siècles. Les romantiques l'ont définitivement proclamé : est artiste celui qui invente sa case, l'être singulier, l'individu qui n'a pas de modèle, seulement des ascendants — et aujourd'hui, éventuellement, au nom de l'idéologie de la rupture, même plus d'ascendants. Depuis la Renaissance, mais surtout depuis que la modernité a supprimé l'idée de codes, de règles dont la maîtrise assurerait et le chef-d'œuvre et le statut d'artiste, les créateurs vivent dans un « régime de singularité » : l'indétermination caractérise leur place, leur posture, et même leur comportement. Il s'agit de ne ressembler à rien d'autre qu'à soi-même. (Pour le dire vite, car « soi-même » est une idée qui ne va pas de soi.) Leur seul (considérable) problème est donc celui de la valeur de leur œuvre, pas celui de leur place, puisqu'ils ont, par définition, à inventer celle-ci et que telle est même la marque de leur valeur : on peut être certain de terrasser un artiste aujourd'hui en lui disant que sa création rappelle les œuvres de prédécesseurs, fussent-ils les plus prestigieux, tandis qu'il sera comblé à l'idée qu'elle n'est à nulle autre pareille.

Être poète voulait donc dire inventer ta case et tant mieux si elle ne ressemblait à rien, si elle déroutait même. Personne ne pouvait te dire ce que tu avais à faire. Et si le succès ne venait pas (si tant est que tu te sois vraiment préoccupé de cela), cela ne signifiait rien non plus, tu pouvais fort bien, cela s'est souvent vu dans l'histoire des arts, avoir raison seul contre tous. L'œuvre n'est attendue par personne, elle invente ses lecteurs, ses spectateurs, elle les construit en se manifestant, et il faut parfois un peu de temps pour qu'ils réussissent enfin à l'identifier comme œuvre, et à la déchiffrer. Tu ne pouvais donc pas te sentir *imposteur* avec ton œuvre, et cela malgré tes fréquents déboires. Tu faisais ce que tu avais à faire, tu t'en croyais absolument le droit, et tu te savais honnête face à ton désir. En somme, tu vivais ce paradoxe que là où tu réussissais le moins bien (en termes mondains), tu te sentais le plus légitime. La légitimité n'avait donc pas à voir avec la valeur.

Ces constatations t'ont conduit à comprendre la nature profondément chimérique du sentiment d'imposture. D'abord, parce que ainsi tu as vérifié que plus la case était par nature indéterminée, moins était possible le sentiment d'imposture. Ensuite, parce que tu as éprouvé qu'il n'avait rien à voir avec la *valeur* : et c'était bien cela que tu avais constaté, les plus délicieuses femmes ne se croyaient pas féminines, les grands ingénieurs de carrière tenaient pour rien leurs succès professionnels, les invités du château ne comprenaient pas pourquoi on les recevait à table… contre l'évidence même de leur adéquation à la case, ils étaient hantés par la chimère d'avoir usurpé leur place.

Mais les neveux de Van Gogh ?
(Nuance)

« Mon cher, il serait de bonne méthode de ne pas trop généraliser à partir de ta petite expérience. »

Que diable ! c'est bien pour cela que tu as écouté tant d'*imposteurs* avant d'écrire cet essai.

Nathalie te fait remarquer que tous les artistes n'échappent pas au sentiment d'imposture et te dit : « Van Gogh, regarde la position impossible dans laquelle se trouvent ses héritiers. » On a beau être mis en demeure par la modernité de s'inventer soi-même (ah, ce soi-même, il va falloir y revenir), reste que pour cette posture aussi il existe des prédécesseurs. La figure de l'artiste authentique, indifférent à l'opinion d'autrui, incapable de calcul comme de stratégie, acceptant une vie misérable au nom de son art, imperméable aux normes esthétiques en vigueur, c'est Van Gogh, l'homme à l'oreille coupée (ceci est mon corps, voici mon sacrifice), le fou (à nul autre semblable), le « suicidé de la société » (écrivait Artaud). Proposant une sublime incarnation de ce que le XIXe siècle avait progressivement construit en termes de figure d'artiste, Van Gogh est devenu une légende (pour le plus grand nombre), et un paradigme, c'est-à-dire une forme structurant la conception de ce qu'il faut être (pour les artistes). Et nous voici dans le paradoxe : Van Gogh incarnant la singularité la plus radicale, il est l'artiste par excellence, et les successeurs devraient donc… lui ressembler. Mais ressembler, n'est-ce pas précisément n'être pas singulier ?

Ce qu'ainsi tu formules à propos de Van Gogh peut être élargi à toute posture d'artiste aujourd'hui et ne fait que mettre en relief d'une façon critique une tension à l'œuvre dans la société en général (et pas seulement chez les artistes), celle qui résulte de l'injonction paradoxale adressée *à tout un chacun* d'être soi-même, c'est-à-dire *à nul autre pareil* — c'est-à-dire en somme, quelque chose comme : « Pour être comme il faut (c'est-à-dire dans la norme, c'est-à-dire comme tout le monde), soyez absolument singulier. »

Ainsi en arrive-t-on aux figures contemporaines qui mêlent *imposture* et imposture : tel écrivain bien connu qui se donne une visibilité maximale tout en se prétendant artiste maudit (incompris, mal lu), paradoxe de la « vedette » qui se prétend marginale ; tel autre (Jean Carrière, qui s'est lui-même raconté dans *Le Prix d'un Goncourt)* s'effondrant sous le poids d'un radical sentiment d'imposture et ne pouvant plus écrire lorsque la reconnaissance vient démolir la seule image de lui-même en tant qu'artiste à laquelle il pouvait adhérer (celle de Van Gogh qui ne vendit quasiment aucun tableau) ; tel autre (Romain Gary) si las de la « gueule qu'on lui a faite » et qui n'a « aucun rapport ni avec son œuvre ni avec lui-même » qu'il décide d'en emprunter une autre et monte une vaste supercherie littéraire.

Ici tu pressens — il va falloir y revenir — que le sentiment d'imposture pourrait bien déboucher parfois sur de l'imposture véritable, celle-ci étant une réponse, une façon de réparer peut-être, le trouble de l'*imposture.*

Mais reconsidère d'abord ce fichu « soi-même »…

Soi-même — misère !

Car nul besoin d'être artiste (ou peut-être est-ce justement pour cela qu'aujourd'hui on proclame à l'envi que tout le monde est artiste) pour s'entendre dire et redire « Sois toi-même », « Sois naturel », « C'est en étant toi-même que tu seras le meilleur », et dans ta jeunesse, tu t'en souviens, tu as pensé : « En effet. » L'idée courait les rues et les affiches (évidemment, les toimêmes que te proposent les affiches ne te ressemblent pas du tout, mais alors pas du tout, ce sont des toimêmes très beaux, très grands, très souples, très souriants, très tout, mais bon. Caroline te confiait récemment combien elle en avait assez — mais vraiment assez — de contempler tous ces toimêmes femelles qui ne ressemblent à presque personne et qui lui rappellent que le corps des femmes reste objet et marchandise, elle en est vraiment furieuse Caroline, mais bon). Toi-même donc. Vaste programme. Tu ne demandes pas mieux, mais à bien y réfléchir, impossible de localiser la bête. Au royaume de l'uniformité, il faudrait trouver sa singularité. On a l'air de suggérer qu'il s'agirait d'un comportement, d'un détachement, d'une façon de ne pas tenir compte de l'avis ou du regard des autres. Au royaume des apparences, il faudrait ne se soucier que de son être profond. À l'ère de la consommation de masse, il faudrait être unique. Évidemment, lorsqu'on ouvre les magazines ou qu'on allume la télé pour écouter parler de l'être profond, on ne découvre que de l'être standard : « Ressemble-nous, sois toi-même »…

(Antidote : « J'ai, pour me garder du jugement des autres, toute la distance qui me sépare de moi. » Antonin Artaud)

Bref : être soi-même. D'un côté, une société d'une grande complexité, qui propose une infinité de cases assez strictes. De l'autre, l'injonction d'être singulier. Tu ne sais trop si tu trouves là quelque chose de paradoxal ou d'au contraire très cohérent. Car tu te demandes si le sentiment d'imposture ne vient pas parfois de ce que le monde dans lequel nous vivons est si complexe, si organisé, si ordonné (à certains égards), de ce que l'existence y est tellement prise en charge par toutes sortes de discours de recommandation, de conseil, d'experts, de gens-comme-soi, qu'on a vite fait de perdre ses repères parmi la multiplicité de ceux qui nous sont proposés, qu'on contrarie forcément un modèle en optant pour un autre, et que de toute façon on a du mal à se conformer aux cases disponibles. (Antidote : voir le chapitre sur Kafka, plus loin.) Alors, comment associer ce monde à cases et le développement extraordinaire de l'idée de singularité ? Le « be yourself », la religion du soi-même, la promotion tous azimuts du moi-moi, et l'obligation d'avoir des Nike, des vêtements de marque, un Walkman sur les oreilles, un petit nez, des lèvres pulpeuses, etc. ? « Soi-même » : la plus petite des cases ?

À moins d'inverser la question : monde plein de cases, certes, mais dont aucune ne peut être « sienne ». Exemple révélateur fourni par le monde du travail : jusqu'au milieu du XXe siècle, un chaudronnier ou un ingénieur pouvait dire : « Je suis chaudronnier (ou ingénieur) », et il y avait de grandes chances pour que, une fois trouvés l'entreprise et le poste qui correspondaient à son savoir-faire, il y passât sa vie professionnelle. Depuis (tu ne connais pas les chiffres précis), on annonce aux jeunes gens qu'ils devront changer plusieurs fois de métier dans leur vie, sans parler des entreprises dans lesquelles ils n'ont aucune assurance de rester plus d'un temps relativement bref. Mutabilité du métier et du lieu d'exercice qui enlève toute certitude quant à son identité professionnelle et qui explique peut-être, partiellement, qu'au fond, la seule chose dont on soit certain, c'est que ce sera ce vague « moi-même » qui se transportera dans le monde fluctuant du travail, mais qu'on ne pourra plus prétendre à une identité professionnelle ferme — d'où un sentiment d'imposture.

Tu te rappelles très bien ce jour, vers douze ans peut-être, où tu t'es dit : « Je change sans cesse, mais à l'évidence quelque chose demeure, quelque chose que je pourrais appeler "moi". » À l'âge où tout devenait mouvant, corps, esprit, où s'esquissaient les vastes incertitudes de l'avenir, tu te rassurais avec ce constat modeste d'une pérennité de l'identité, très floue, que tu pouvais juste désigner par ce mot imprécis, « moi ». La promotion généralisée du soi-même ne serait-elle pas la réaction de sauvegarde psychique des individus dans une société si labile ?

Le conformiste

Marcello se croyait anormal. Enfant, il avait surpris en lui des désirs de meurtre et des jouissances de carnage. Peut-être même, sans se le dire vraiment, éprouvait-il du désir pour les garçons. Ayant cherché vainement son semblable en son ami Robert et s'étant cru, après cette unique tentative ratée, anormal aux yeux de l'univers, il n'eut de cesse de retrouver la « normalité ». Un homme normal, qu'est-ce donc ? Quelqu'un qui habite une place dans ce monde. Mais ce monde, varié, protéiforme, offre plusieurs places, plusieurs postures possibles. Pour être certain d'atteindre la normalité, le Marcello du *Conformiste* de Moravia (1951) choisit la moyenne, c'est-à-dire la banalité à tout prix (fonctionnaire, épousant une femme jolie et médiocre, achetant un logis moyen) et, pressentant qu'en matière de légitimité on n'est jamais trop sûr, il adhère, sans conviction politique, au fascisme, parce que c'est l'opinion dominante, « normale » donc pour l'époque. De même qu'il n'aime pas ceux qu'il mime dans sa vie quotidienne (ne les aime qu'en foule — individuellement il ne peut les supporter), il n'a pas de foi dans l'idéologie fasciste. Simplement, à ce moment-là, Mussolini est dans sa gloire et être dans la norme consiste à le suivre. Et puis les régimes totalitaires, n'est-ce pas, n'ont jamais encouragé la singularité — par la porte ouverte de la singularité menacent toujours de s'engouffrer toutes les a-normalités. Marcello décide donc d'œuvrer aux basses tâches confiées par le ministre, trahison, mensonge et meurtre — puisque l'État le demande et le légitime…

Où l'on trouve une variante des échappatoires qui s'offrent à l'*imposteur* de l'existence : quand la posture qui nous échoit semble nous exclure de ce doux nid moral que constitue l'assemblée de nos semblables (de l'idée que l'on se fait des semblables), qu'elle semble nous définir comme non-semblable, c'est-à-dire fondamentalement imposteur (celui qui n'est pas à sa place dans sa place), reste la posture du conformiste : celui qui adopte sans réserve les postures les plus communes.

Le conformiste construit sa posture à coups de gestes répertoriés, de phrases banales, d'expressions courantes, d'actes moutonniers. Il a fait la moyenne de ce qu'il a vu, les autres lui paraissent normaux parce qu'ils se répètent entre eux, parce qu'ils agissent avec une belle uniformité. Oh, faire comme eux, tout comme eux, et ainsi gagner une posture. Son rêve ? Qu'un jour on lui dise : « Vous êtes tellement ressemblant ! »

Un degré de plus dans cette passion de la ressemblance, et l'on arrive à l'homme-caméléon magnifiquement incarné dans *Zelig*, de Woody Allen. Leonard Zelig souffre de mimétisme universel : il boite près d'un boiteux, grossit près d'un obèse, joue du jazz et devient noir près d'un jazzman noir, discute médecine avec les médecins. Son transformisme concerne aussi bien son corps que son esprit.

Sous hypnose, il dira combien il est « sécurisant d'être comme les autres » et révélera le désir à l'œuvre dans sa curieuse nature : « Je veux être aimé. » Ce fils d'un acteur yiddish, soumis aux violences de l'antisémitisme courant, désigné par son origine comme non-semblable, pousse le désir d'assimilation à son extrême : il se rend semblable au premier passant venu, jusqu'à la prochaine rencontre. De celui qui sera qualifié de « conformiste outrancier », le film affirme qu'il reflète la nature de notre civilisation et le caractère d'une époque. Et en effet, ne voit-on pas les foules se précipiter au spectacle de ses transformations dans les cirques, au film qui met en scène sa vie, achetant toutes sortes d'objets à son effigie, chantant les tubes qu'il a inspirés. Masses tour à tour enthousiastes (elles l'acclament lorsque provisoirement guéri il lance les mots magiques : « Soyez vous-mêmes. Ne copiez pas les autres », prononcés devant la foule moutonnière), puis dans un même mouvement d'ensemble le condamnant : car s'il incarne la passion du conformisme (que par un effet boomerang son personnage suscite en retour), il subit aussi les souffrances du Juif à travers les âges (difficile de ne pas deviner cette figure à l'arrière-plan du personnage), toujours accusé d'être un « autre » — les communistes lui reprochent d'être l'emblème du « capitalisme multiforme », les dévots celui de la débauche, etc.

Stade ultime du désir de conformité après un nouveau retournement négatif des foules : il ira s'immerger dans l'Allemagne nazie — même mouvement que le Marcello de Moravia —, c'est-à-dire là même où la soumission absolue à la norme est vertu cardinale.

Quelqu'un te fait remarquer qu'on pourrait voir une fin positive dans les dernières images : si, fuyant l'Allemagne en avion, il va retrouver une autre sorte de troupeau, il le fait en survolant l'Atlantique *à l'envers.* Comme s'il trouvait sa singularité tout en rentrant dans la norme — équilibre enfin atteint.

Kafka (ou le monde comme imposture)

Dès que tu t'es mis à penser aux *imposteurs*, tout naturellement, Kafka t'est venu à l'esprit. Cela paraissait une évidence : avant même de relire les textes, tu étais persuadé que, s'il y avait bien un auteur qui avait peint la figure de l'*imposture*, c'était le Juif pragois universel, celui qui vivait dans un pays qui n'était pas tout à fait le sien (destin de la diaspora juive), et qui écrivait dans une langue qui n'était ni celle du pays (tchèque), ni celle des Allemands (l'allemand de Prague, sais-tu, ne ressemblait pas à celui parlé en Allemagne mais en était une version pétrifiée).

Tu avais en tête l'image de l'écrivain qui sacrifie tout à son œuvre (ses succès professionnels aux Assicurazioni Generali, sa promotion rapide suivie de sa démission afin de consacrer tout son temps à son travail littéraire ; son refus de s'engager dans l'entreprise paternelle ; ses louvoiements avec les femmes à qui il disait qu'il aurait préféré vivre dans une cave...). Mais tu avais en mémoire aussi l'anecdote que raconte son premier éditeur, Wolff, que Kafka stupéfia en lui déclarant : « Si au lieu de publier mes manuscrits vous me les renvoyiez, je vous en serais beaucoup plus reconnaissant », comme si même cette place tant désirée, auteur, ne pouvait être assumée. Tu te rappelais aussi la chute d'une de ses dernières nouvelles, *Un champion de jeûne*, qui te paraissait emblématique de sa vie et de son im-posture : le jeûneur mourant des conséquences de sa performance refuse l'admiration qu'on voudrait lui témoigner car, dit-il, il ne pouvait faire autrement que jeûner. Comment ça ? lui demande-t-on. Mais c'est qu'aucun des aliments ne lui plaisait. « Si j'en avais trouvé un, crois-m'en, je n'aurais pas fait de façons et je me serais rempli le ventre comme toi et comme tous les autres. » Même la case de champion ne lui convient pas, il refuse le titre, prétextant qu'il n'a eu aucun mérite. (N'est-ce pas son image de l'artiste ? S'il avait trouvé son plaisir à vivre, comme tout le monde, il n'aurait pas voué son existence à la littérature. Pessoa : « La littérature, comme toute forme d'art, est l'aveu que la vie ne suffit pas. »)

Alors tu y es retourné voir, déjà tout joyeux à l'idée de trouver l'auteur et les textes qui déploieraient ton idée. Tu as d'abord repris *Le Château*… déception : l'arpenteur est un provocateur, un malin, un contestataire à ses heures, un orgueilleux de temps en temps — pas un *imposteur*. Aucun passage où tu pouvais sentir dans le personnage le premier frémissement d'un sentiment d'imposture. Troublé mais pas découragé, tu as repris *Le Procès*. Même déception : Joseph K. se soumet à la loi, à ses procédures, il se rend au tribunal, il accompagne même sans protester les hommes venus l'exécuter : il en assume les conséquences mais il n'est pas d'accord avec cette loi. Bien qu'il l'accepte, il n'intériorise jamais l'exclusion qu'on lui signifie.

Tu as été sérieusement ébranlé car cela avait tout l'air de l'exact contraire de ce à quoi tu t'attendais : que serait un *imposteur* qui non seulement ne se fabrique pas la chimère de l'*imposture*, mais n'intériorise même pas le rejet effectif du monde ? L'*imposteur* de ton mauvais rêve se trouve au château (pas l'arpenteur) et souffre de méconnaître des lois dont il admet d'emblée la validité (pas Joseph K.). Alors, où était l'*imposture* qui te paraissait pourtant, tu le maintenais, si constitutive de l'œuvre de Kafka ? Si elle n'habitait pas la conscience du personnage, as-tu fini par comprendre, il n'y avait plus qu'une solution, c'est qu'elle se trouvait dans le monde auquel il est confronté.

Ta nouvelle intuition te fut confirmée par ce texte cruel mais exemplaire, *La Colonie pénitentiaire*. Dans cette colonie se trouve une machine, parfaite, composée d'un lit où s'étend le condamné, surmonté d'une dessinatrice pourvue d'une herse. Lorsqu'on applique dans le mécanisme infiniment complexe de la dessinatrice la feuille (le programme) où est inscrite la loi, celle-ci vient lentement se graver sur le corps du condamné. S'il a fallu à l'origine un inventeur (le Commandant), à présent la machine fonctionne toute seule.

Que dit la loi ? Toujours la même chose : discipline et obéissance. Loi tautologique qui ne renvoie pas tant à des règles de conduite précises qu'à son principe même : être obéie. La sentence qui doit s'inscrire sur le corps du soldat condamné de *La Colonie pénitentiaire* proclame : « Respecte ton supérieur. » Le soldat connaît-il cette sentence ? Non. Y a-t-il eu procès ? Non, le jugement a immédiatement suivi la dénonciation de la faute. La loi de la colonie n'est pas discutable : « La faute est toujours certaine », déclare l'officiant de la machine. D'ailleurs, le soldat ne manifeste aucun désir de fuite (une sorte de Joseph K.). Qu'a-t-il fait ? Il a désobéi à la loi qui consistait à se lever toutes les heures pour saluer le seuil de la maison de son capitaine (la loi en elle-même est vide de sens dans la mesure où elle ne proclame que la nécessité d'être respectée), et quand, l'ayant trouvé endormi à deux heures du matin, le capitaine a cravaché le soldat, celui-ci lui a manqué de respect. Discipline (absurde) et obéissance.

D'ailleurs, si la loi est simple dans son expression, elle n'en est pas moins illisible : la feuille où est inscrite la sentence de trois mots (« Respecte ton supérieur ») ne présente aux yeux du voyageur visitant la colonie qu'arabesques indéchiffrables dont l'inscription sur le corps du condamné prendra douze heures.

Que nous dit donc (entre autres) *La Colonie pénitentiaire* ? Ça t'a crevé les yeux, pourrais-tu dire. Que l'imposture est du côté du monde, car la loi dans laquelle celui-ci s'ordonne n'a d'autre sens que d'être la loi, c'est-à-dire une contrainte absolue mais sans signification, sans but et sans objet, et qu'il faut pourtant payer d'intimes et déchirantes souffrances, car elle veut être inscrite au cœur même de l'individu.

Il paraît que Kafka lui-même, sa nouvelle achevée, a été bouleversé et étonné de ce qu'il avait écrit, de sa violence, de sa noirceur. Comme souvent avec Kafka, tu y trouves pourtant une sorte de fronde, et d'espoir. Car il suffit au voyageur de contester la légitimité de la machine pour que celle-ci se désagrège. Parce qu'il n'y croit pas, elle se met toute seule en pièces, jusqu'à disparition. Et s'il suffisait parfois que celui qui se prend d'abord pour un *imposteur* dénonce l'imposture du monde pour en mettre à bas la machinerie ?

Bénéfices

Yvonne, plutôt subtile, te fait remarquer qu'il y a peut-être, « en second lieu », un orgueil de l'*imposteur* qui se maintient dans sa brûlante case.

Alors tu imagines la conversation secrète :

« Si tu n'es pas à ta place, changes-en.

— Mais non, mon désir me portait bien ici.

— Tu souffres pourtant de l'occuper.

— Mais je veux y être.

— Y as-tu quelque droit ?

— Plus que d'autres qui s'y trouvent.

— Comment est-ce possible ?

— Ils ont fait ce qu'il fallait pour arriver là. Moi, n'ayant pas suivi la voie royale, je ne dois ma situation qu'à mon extrême mérite personnel. Bien sûr, je ne corresponds pas aux normes, mais j'ai quelque chose de plus, ma singularité, mon intelligence, mon charme, qui ont forcé le passage… »

Yvonne dit : n'y a-t-il pas, inconsciemment peut-être, une sorte de présomption de l'*imposteur* qui pense ne devoir qu'à ses très singuliers mérites une place que d'autres ont conquise par pure imitation du modèle et conformisme ? Ainsi, l'*imposture* se doublerait d'un bénéfice, derrière la souffrance, certes, certes, mais d'un bénéfice narcissique quand même. Yvonne est très astucieuse.

À condition que l'*imposteur* ne soit pas paralysé par sa chimère, ou qu'il ne la combatte pas par un excès de conformisme, il peut tirer un bénéfice de sa posture biaisée : le regard critique. Car il sera parfois tenté de se dire que, s'il ne trouve pas sa place en ce lieu, c'est peut-être que le lieu est mal conçu. Et qu'il faut le revoir. L'*imposteur* serait ainsi dans la situation de ces bourgeois de 1789 qui, faute de pouvoir occuper les fonctions réservées aux membres des souches aristocratiques, conçurent une révolte qui fit d'eux les adeptes et les soutiens de la Révolution française. L'envie, te dira-t-on ? Pas exactement. Le sentiment de n'avoir pas ce qu'on mérite, parce que l'organisation sociale — qui justement ne valorisait pas, sous l'Ancien Régime, le mérite ou le talent, mais la naissance — ne le permet pas, et qu'il faut donc la changer. Ainsi de l'*imposteur* qui finit par refuser la posture à laquelle il se sent contraint, et de ce fait se révolte. Ceux qui changent le monde comptent peut-être parmi eux de nombreux *imposteurs.*

On pourrait donc trouver, dans le sentiment d'imposture, aux deux extrêmes du spectre de ses effets : le conformiste et le révolté.

Le Nègre blanc

La troisième fois que tu as lu une histoire de Nègre blanc, tu t'es dit que ça faisait beaucoup. Une figure qui se répète, figure assez originale au demeurant, déclenche toujours en toi une envie de comprendre ce qu'elle exprime, ce que, sous son air romanesque, elle dit de l'être humain en général[1]. Tu connaissais Christmas, dans le magnifique *Lumière d'août*, de Faulkner. Puis tu rencontres Ruis, dans *La Splendeur du Portugal*, de Antonio Lobo Antunes, et tout de suite après Cole Silk, dans *La Tache*, de Philip Roth.

Trois hommes qui sont apparemment blancs de peau mais dont l'origine est noire. Trois hommes qui présentent une apparente conformité avec la norme mais qui sont en fait secrètement différents, et inférieurs (selon l'opinion raciste). Ici, tu vois bien qu'il ne s'agit plus tout à fait du vieux pro-

1. Par ailleurs, cette figure romanesque correspond à une réalité assez répandue en Amérique.

blème de la divergence entre l'être et l'apparence, qui s'est déclinée souvent en littérature sur le mode : noirceur de l'apparence (le vilain petit canard…) et blancheur de l'âme (… est en fait un cygne). Sans doute parce qu'au fond l'âme n'a pas grand-chose à voir dans cette affaire de peau. Si le Nègre est blanc, sur quoi fonder la différence ? Reste le fantasme, c'est-à-dire une pure construction mentale.

Il te semble que le Nègre blanc est l'*incarnation* du sentiment d'imposture : bien qu'il s'évertue à montrer… patte blanche, au cœur de son être se cachent déficience intime et culpabilité. La tache, la faute, liée à l'origine, ne se voit pas. Mais peut se savoir. Chez Faulkner, sans doute à cause de la perspective tragique qui est la sienne, le Nègre blanc Christmas est rattrapé par la fatalité de sa « mauvaise nature » et, après avoir assassiné une femme blanche, il finira lynché. Le fils aîné de *La Splendeur du Portugal* est aussi un Noir blanc. Issu des amours ancillaires du père, il porte comme un boulet son origine honteuse. Dans ce roman où chaque enfant de la famille incarne à sa manière le dysfonctionnement de la société, il désigne l'idéologie cruelle et délirante de la différence raciale.

Chez Roth, le propos est presque inversé par rapport à Faulkner puisqu'il s'agit de mettre en scène la liberté individuelle. Idée formidable : le Nègre blanc aurait pu assumer sa négritude et, comme il est plein de talents, il aurait été assuré d'être le roi de son village (entendons, le premier dans les universités pour Noirs, les métiers pour Noirs — bref, dans ce que l'Amérique a inventé pour résoudre à moitié l'inégalité qu'elle avait installée). Mais même si cela lui est d'une certaine façon favorable, Coleman Silk refuse le déterminisme de sa naissance. Il refuse d'être considéré comme Noir, non parce que le statut est inférieur, mais parce qu'il veut se choisir, s'inventer librement, sans qu'on lui impose une identité. Cette problématique de la liberté, qui a sans doute un sens particulièrement fort dans une Amérique travaillée par les communautarismes, tu en connaissais déjà une expression très vive dans les films d'Almodóvar. Si celui-ci met si souvent en scène des êtres sexuellement transfuges, ou, comme dans *Parle avec elle*, un homme qui refuse la détermination majeure — notre finitude — au point qu'il procrée avec sa jeune amoureuse dans le coma, c'est parce que chacun de ses personnages choisit d'être libre jusqu'à ne pas tenir compte des données qui nous paraissent les plus inexorables : le sexe physiologique, la mort.

Que Coleman Silk ne soit pas un Noir honteux est confirmé par son choix identitaire : il ne s'invente pas WASP — ce qui serait la conformité absolue —, mais Juif. Comme si, se recréant par sa seule décision, il assumait néanmoins jusqu'au bout la — relative — exclusion : tu veux dire qu'il ne fait pas le choix le plus commode par rapport à la norme mais se range du côté des identités problématiques. N'est-ce pas là une troisième option, sur le spectre des effets de l'*imposture* : ni conformiste ni révolté, l'*imposteur* peut aussi décider de se réinventer à nouveaux frais.

En somme, le Nègre blanc pourrait se comprendre comme l'inverse du vilain petit canard : bien qu'il présente l'aspect d'un cygne, il est, au fond, intrinsèquement voué à l'exclusion parce que déficient, hors la norme. Ce qui est intéressant dans cette situation, c'est sa dimension chimérique : il y a assez longtemps qu'on sait que la couleur de la peau ne dit rien sur l'humanité de quelqu'un et que la problématique de la « race » est heureusement tombée en désuétude. Qu'est-ce donc qu'un Nègre blanc dès lors qu'il n'a plus cet unique signe de différence, la couleur de peau ? On sait aussi que la conformité épidermique n'empêche pas l'exclusion : à cet égard, le Nègre blanc n'est pas sans lien avec le Juif. Le fantasme paranoïaque à l'œuvre dans l'antisémitisme est bien celui d'un Autre qui se dissimulerait sous la figure du Même.

D'où l'idée que le Nègre blanc est une figure du « mal », ou du hors norme intériorisé, et en ce sens chimérique. Malgré les apparences, je ne suis pas comme les autres, comme il faudrait être, je suis taré — et je peux être découvert. N'est-ce pas là un fantasme relativement ordinaire ? N'est-ce pas, exactement, le tracas de l'*imposteur* ?

Le professionnel

Un ami t'a dit : « Tu ne peux pas éviter d'évoquer les cas d'imposture professionnelle, de ceux qui construisent consciemment, volontairement, une vie d'imposteur. Ton choix de vocabulaire t'engage. Et de toute façon, a-t-il ajouté, ça a à voir. » Voyons.

Confrontons des cas. Par exemple, encore un cas d'*imposture* à ta façon. Zoé, dont tu sais les mérites reconnus — elle est une des meilleures monteuses du cinéma français — te racontait que lorsque, plus jeune, elle se rendait à des projections privées (pas à celles des films qu'elle avait montés — là, ça allait), elle s'affublait de chapeaux extravagants et de grandes capes, ce qui avait pour effet, simultanément, de la dissimuler et de la surexposer. Les gens, croit-elle, devaient se dire : « Quelle pimbêche ! », alors qu'elle, pauvrette, faisant ce qu'elle pouvait pour juguler le vif sentiment d'imposture qui la tenaillait, n'avait trouvé que ce moyen, en rajouter dans les signes : elle faisait son cinéma, comme on dit.

Sans doute « le monde du cinéma » lui paraissait-il hors d'atteinte, n'ayant rien à voir avec elle, elle qui se savait aimant les choux-fleurs, dormant sur le côté gauche, méconnaissant la littérature du XVIIIe siècle, pourvue d'une vilaine cicatrice résultant d'une appendicite, toujours émue par les histoires sentimentales, ne comprenant rien à la musique dodécaphonique — une personne ordinaire, en somme, très ordinaire, et son talent évident et maintes fois applaudi de monteuse n'y faisait rien. Sa représentation de la case « cinéma » ne pouvait pas correspondre à une personne si médiocrement humaine. Zoé était comme la boîte de vitesses d'une Jaguar qui se serait dit que la voiture était trop belle pour qu'elle fît réellement partie du moteur…

Qu'est-ce que cela a à voir avec cet homme, cet imposteur professionnel, tout à fait dépourvu de diplômes, qui, s'étant introduit par on ne sait quelles manœuvres dans une clinique où il se faisait passer pour chirurgien, opérait à cœur ouvert ?

Chez les deux, même respect de la part de l'entourage, même évidence de la compétence — mais celui-ci avait menti : il avait prétendu posséder un diplôme qu'il n'avait point, avait peut-être falsifié des documents, inventé les anecdotes de son bizutage, raconté les difficultés de son précédent poste dans une clinique privée — il s'était donné pour un autre, il en avait imposé. Pas Zoé. Grande différence. Zoé a un problème d'identité, alors que ton chirurgien a un problème de vérité — peut-être de schizophrénie. Zoé est banale (pardon à elle — tu veux dire que nous connaissons tous, peu ou prou, son tracas), le chirurgien est un cas.

Bon. Cherchons quand même.

La plus remarquable affaire d'imposteur professionnel récente est sans doute celle de Jean-Claude Romand, que tu ne détailleras pas car elle est bien connue aujourd'hui[1]. Ayant suivi des études de médecine en cessant de passer les examens dès la deuxième année, il s'est donné ensuite pour médecin de l'Organisation mondiale de la santé, travaillant chaque jour, disait-il, à Genève, et manœuvrant si bien que sa famille comme ses amis le croyaient depuis dix-huit ans. Son emploi du temps réel ? Il errait dans les forêts du pays de Gex ou sur les parkings d'autoroute. Son salaire ? Après avoir vidé les comptes de ses parents, il a prétendu placer les fonds de quelques proches, organisant une rotation qui lui permettait de vivre de leur argent. Etc.

Ce qui fait sans doute le pouvoir de fascination de cette histoire vraie, c'est qu'en arriver à tenir une telle organisation — inventer toute sa vie, toutes ses heures, faire de soi un personnage — relève d'une folie et d'un sens de l'imposture qui frisent le génie. Finalement arrêté pour le meurtre de sa famille, le voici se convertissant et prêchant la foi dans sa prison : nouvelle imposture sans doute.

1. Emmanuel Carrère l'a racontée dans *L'Adversaire*.

Comment comprendre une telle existence ? L'hypothèse de la frustration est tout à fait insuffisante. Après un premier échec, il n'a pas obtenu ses diplômes parce qu'il ne les a plus passés. Et l'on se dit qu'en termes d'énergie, d'imagination et d'esprit pratique, il est beaucoup plus difficile de construire une vie comme la sienne que de passer des examens.

Tu penses à la fatigue de Romand. Est-ce qu'on peut s'installer dans une routine de l'imposture ? Difficile, à ce degré de complexité. Est-ce qu'on peut en jouir, en jouer ? Ici, il faudrait réussir à comprendre les mécanismes intérieurs de Romand, la peur de décevoir d'abord, l'impossibilité de s'installer dans la case du « perdant » ou du « raté », ou encore, suggère une amie psychanalyste, la folie de n'obéir qu'au principe de plaisir au lieu d'adopter, comme il est nécessaire au moins la moitié du temps, le principe de réalité. Alors, peut-être, quand on est trop engagé dans l'affabulation, supprimer la réalité en assassinant ceux qui sont en passe de découvrir le pot aux roses.

Un point cependant te permettrait peut-être de relier l'imposture de Romand à l'*imposture* qui t'intéresse : il est possible qu'à l'origine, c'est-à-dire quand il a commencé ses études de médecine, porté par le désir ardent de ses parents, il se soit senti *imposteur*, c'est-à-dire que la case vers laquelle ce désir le poussait (médecin — une réussite sociale pour ce fils de forestiers) lui soit apparue impossible à occuper, car il imaginait que ses véritables moyens ne le lui permettraient pas, qu'il n'en avait pas la force. La terreur d'avoir à affronter l'échec l'aurait ainsi empêché de se présenter aux examens. Alors, il aurait décidé de « jouer », d'en imposer : il a fait croire qu'il avait réussi, puis qu'il était médecin, etc. Ce qui tendrait à confirmer ton intuition première : l'*imposteur* n'a pas de vrai problème avec les autres (Romand n'éprouve aucune difficulté, aux yeux du monde, à occuper la case « médecin »), c'est avec lui-même qu'il en a (il se croit depuis le début incapable d'obtenir cette place). Pour l'imposteur professionnel en revanche, les autres sont *réellement* un problème.

Après ce moment inaugural où un sentiment d'imposture a pu déboucher sur une imposture véritable, le développement des deux types humains diffère. L'imposteur professionnel est fascinant (attirant et repoussant) comme figure du joueur. On connaît des cas célèbres, quelqu'un s'est peut-être amusé à en répertorier les occurrences, car ce sont des êtres exceptionnels. En revanche, tes *imposteurs* à toi sont monnaie courante, ils ne le sont pas dans tous les aspects de leur vie mais souvent dans l'un seulement — pas de pot aux roses à découvrir, contrairement à ce qu'ils redoutent, ils ne seront sans doute jamais démasqués parce qu'ils ne portent pas de masque. Ils finiront peut-être par terrasser leur chimère et personne ne s'en apercevra, car c'était une affaire tout à fait *intime*.

La passion d'en être

À peine étais-tu arrivé chez elle, mardi, que Noémie, sachant que tu t'intéresses à l'*imposture*, t'a raconté une scène vécue le matin même. Elle était devant son ordinateur, travaillant au film qu'elle mixait, quand le réalisateur est venu avec des amies. Deux femmes, belles et enjouées, très grandes dames, très taquines, très « Ah, mon cher… », très « Ah ! Ah ! Ah ! ». Et — tu as tout de suite pensé à Zoé — ta pauvre Noémie s'est sentie mal, mal, comme si elle n'était pas à sa place, là, dans *son* studio, devant *son* film. Elle a mis du temps à comprendre, après coup, qu'elle se sentait *imposteur*, et que c'était, comme toujours avec l'*imposture*, profondément absurde. Les deux Rebecca, strass et aisance, incarnaient confusément pour elle le « monde du cinéma », monde mirifique dont Noémie ne peut vraiment pas croire qu'elle fait partie.

Tu lui as parlé de Zoé, de ses grands chapeaux, et vous vous êtes demandé si, chaque fois qu'un groupe devient « le monde du », « le milieu », « le réseau », il ne génère pas inévitablement des problèmes d'appartenance (en être ou pas — ou pas vraiment).

Noémie a continué sur sa lancée. Elle t'a dit : « Les fois où je suis invitée au festival de Cannes, j'observe toujours un frémissement très particulier chez les invités, une joie qui éclate en chacun, très perceptible, et qui est liée, je te l'affirme, au sentiment *d'en être.* » Aller à Cannes (il est très difficile d'y trouver un hôtel, d'obtenir des entrées aux projections, des invitations aux soirées, t'apprend-elle), c'est se rendre au saint des saints, au cœur battant de « la profession », et cela vaut toutes les médailles : on en est puisqu'on y est ! Mais Noémie n'a certainement pas tort de croire que, chez bien des festivaliers, Cannes-le-Château doit réveiller les secrètes souffrances de l'*imposture.*

Bien entendu, toute institution génère ses *imposteurs* et aussi, à l'inverse, une engeance particulière : les gardiens du temple. Phénomène d'autant plus accentué que la définition des compétences nécessaires pour en faire partie est flottante. Antoine est « comparatiste ». Il te dit que c'est une spécialité de la littérature que tu n'es sans doute pas le seul à trouver énigmatique, puisque de nombreux manuels rédigés par les spécialistes s'intitulent *Qu'est-ce que la littérature comparée ?*. Il te dit que chaque année une commission nationale se réunit pour « qualifier » les postulants, ceux qui, munis du blanc-seing, pourront aller proposer leur candidature aux postes de professeurs : « Mon fils, vous êtes bien comparatiste. Présentez-vous dans les universités avec notre bénédiction. » À peine cinquante pour cent subissent victorieusement l'épreuve. Dans les autres sections littéraires, il existe aussi des commissions nationales : mais elles vérifient la *valeur* des candidats, plus ou moins bons comme en témoignent leurs travaux et leur thèse. La commission des comparatistes évalue avant toute chose l'*identité* comparatiste (« c'en est un ou pas ») avant de vérifier sa valeur. Et pour être un vrai de vrai, il faut maîtriser plusieurs langues et comparer les littératures nationales entre elles. Des tas de coquins travaillent sur des textes traduits, ou bien ont tendance à privilégier l'étude de la littérature française, ou bien l'étude d'une littérature étrangère, sans comparer — les misérables.

Panier à *imposteurs*, nécessairement : à case si surveillée, occupants « illégitimes » foisonnants. Antoine n'a jamais pu s'y sentir à l'aise. Il a les diplômes requis, ses cours sont excellents, ses étudiants enchantés — mais dans le secret de son cœur, il n'est pas certain d'être comparatiste. Oh, ce porte-à-faux… Il évite soigneusement ceux qu'il appelle « les gardiens du temple », grandes figures paternelles et sévères, certaines d'être dans la loi, qui se battent continûment pour ce qu'elles nomment « la défense de la discipline ». Antoine est bien persuadé de l'intérêt de cette discipline. Mais il a une hypothèse qui confirmerait ton intuition :

contrairement aux membres des autres territoires de la recherche en littérature, bien répartis en spécialités selon les siècles (dix-septiémistes, dix-huitiémistes, etc.), les comparatistes sont réputés n'être pas des spécialistes : leur activité vise précisément à ouvrir des champs, créer des passerelles, mettre en rapport ce qui ne l'avait pas encore été. Selon lui, cette indétermination foncière des occupants de la case provoque l'exacerbation des positions défensives et la prolifération des gardiens du temple. Il se demande combien de comparatistes dorment vraiment sur leurs deux oreilles…

Mais quel délice pour ceux qui « en sont » ! Si le conformiste se conforme par terreur d'être différent, l'« adéquat » est dans la pure jouissance de son adéquation. Il a bien compris la définition de la case et il se repaît d'y coller. Il y a vices plus dangereux…

Du coup, tu signales à Antoine une variante : ceux qui pour en être occupent des postes périphériques. Au sein des institutions littéraires (sociétés d'écrivains, de poètes, etc.), tu as déjà remarqué que, dans les conseils d'administration, se bousculaient les écrivains inconnus ou peu productifs, sans doute ravis d'y trouver la légitimité que leur œuvre ne pourrait pas leur donner, ravis d'en être, malgré tout.

Mais d'où cela vient-il ?

À ce point de ta prospection, il te paraît évident que l'*imposture* est un problème d'identité. Qui ne répond pas à la question : « Qui suis-je ? », mais à : « Dans quelle mesure suis-je fait pour — conforme à — la case que j'occupe ? » Tu te rappelles que lorsque tu as interrogé Henri pour savoir s'il connaissait le sentiment d'imposture, il t'a d'abord dit non, puis il s'est ravisé en te parlant de ces rêves récurrents et angoissants qui sont, tu le sais bien, monnaie courante : le rêveur se trouve devant un jury et doit passer des examens. Or, le rêve d'examen dans toutes ses variantes est bien sûr une manifestation du sentiment d'imposture. Il vient illustrer l'inquiétude de ne pas mériter la place qu'on occupe, d'où résulte la nécessité d'en fournir la preuve (par l'examen). Cauchemar quand l'*imposteur* se croit sur le point d'être démasqué.

Une conviction : l'*imposture* est un problème d'origine.

Tu as entendu l'histoire exemplaire, à cet égard,

de Sophie, qui est une amie intime et avec qui tu as longuement évoqué cette question qui la concernait de près.

Sa mère était une femme silencieuse et mélancolique. Son père, bavard impénitent, était une sorte d'adolescent perpétuel qui adorait Sophie et l'entretenait souvent de projets grandioses pour son avenir. Elle avait donc grandi dans l'amour passionné de son père, bonne élève, bonne fille, aidant à l'éducation des frères plus jeunes, sérieuse, tranquille semblait-il. Juste cette chose qu'elle se rappelle : elle était timide, fuyant le contact avec ses professeurs et avec les adultes en général. À l'adolescence, elle enviait, sans trop savoir pourquoi, ses amis capables de se trouver des « maîtres », adultes avec lesquels elle aurait pu elle aussi apprendre, partager ses passions naissantes. Aujourd'hui elle dit, empruntant ton expression, qu'elle souffrait d'un sentiment d'imposture : elle évitait les adultes de crainte qu'ils ne constatent qu'elle ne « savait pas » — comme si elle ne pouvait pas assumer sa place d'enfant.

En parlant d'*imposture* avec toi, voici à quoi elle arrive. La place de la mère semblant vacante, elle s'est gorgée de l'amour du père, croyant sans doute dans son fantasme d'enfant qu'elle était la femme du père. (Sophie suit une psychanalyse depuis de nombreuses années, ce qui explique certainement sa tendance à tout ramener au triangle œdipien, mais, ma foi, elle te paraît assez convaincante.) Enfant responsable face à des parents infantiles, elle était, de ce fait et en tant que « femme » du père, doublement mise en situation d'adulte. Mais sans doute les enfants ont-ils aussi l'intuition de la fausseté de ce type de configuration. Sophie savait qu'elle n'aurait pas dû se trouver dans la posture qui était la sienne. Agrément de la position dans la famille, honte à l'extérieur. Qui était-elle à l'extérieur ? Devant ses professeurs par exemple, elle qui ne savait pas être enfant, comment aurait-elle pu assumer de ne pas avoir leur savoir d'adulte ? Elle suppose qu'on a rarement dû l'entendre dire : « Je ne sais pas », et que, bien qu'elle fût bonne élève, elle devait fuir ses maîtres pour qu'ils ne voient pas… quoi au fond ? Qu'elle n'était qu'une petite fille. Quant à ce « savoir » manquant par quoi elle résume le sentiment de sa fragilité d'alors, elle imagine (puisqu'elle a un peu fureté en amateur dans la théorie psychanalytique) qu'il s'agit à l'origine du savoir sexuel : comment on fait les enfants, d'où l'on vient. Et de ne pas le savoir, ce qui est le lot de tous les enfants, est devenu d'autant plus problématique que par ailleurs elle ne se trouvait même pas l'excuse d'être une enfant.

C'est en ce sens que Sophie dit qu'elle n'a jamais eu cette *chance* d'être une enfant, de pouvoir demander de l'aide, de la protection, des conseils. Elle n'a pas pu non plus (oh, dit-elle, comme elle envie ceux qui le purent) se révolter contre des parents si fragiles. Plus tard dans la vie, elle s'est sentie *imposteur* longtemps. Et même aujourd'hui, avec ses soixante ans qui lui octroient enfin dans la réalité le savoir et la position qu'elle a imaginairement occupés de façon prématurée, aujourd'hui qu'enfin ça n'est plus douteux, elle est adulte, quelquefois lui revient, oh, fugitivement, lui revient le sentiment d'imposture.

Toi, tu lui as dit tout de go que dans son histoire, ce sont les parents qui ont l'air d'imposteurs, de véritables imposteurs : des parents qui n'étaient pas capables d'assumer leur rôle convenablement. Tu lui suggères aussi que la honte qu'elle ressentait pourrait bien n'avoir pas été honte de soi, mais honte de l'imposture de ses parents. Tous ces efforts des enfants pour dissimuler, ne pas laisser paraître la faiblesse des parents : combien de personnes as-tu croisées dont la vie était entravée par la nécessité de ne pas faire mieux que les parents — comme s'il fallait que sa propre vie n'inflige pas l'évidence que les parents auraient pu, auraient dû mieux mener la leur. Sophie te dit : « Peut-être… »

Il faudra la présenter à Manuel, qui souffre du trouble inverse. Il te raconte comment parfois, dans la discussion, il redoute que sa voix ne dérape, ne redevienne la voix de fausset du petit garçon qu'il fut, révélant ainsi la vérité de sa nature : il n'est pas un adulte, ne sait pas ce que c'est qu'être adulte, et l'inquiétude qui voile parfois son regard, c'est qu'on le démasque, qu'on découvre cette affreuse réalité qu'il n'a jamais su grandir et que, sous son grand corps musclé, il n'est qu'un enfant. Il ne sait pas t'expliquer aussi bien que Sophie d'où lui vient cette *imposture*, mais à n'en pas douter, des origines.

Par exemple, elle pourrait provenir d'avoir été l'enfant de parents qui se sentirent *imposteurs* dans leur rôle de parents. De nombreux amis t'ont confié que souvent, face à leurs enfants, ils éprouvaient un cruel sentiment d'imposture. Quelle case plus mythique que celle de parent ? Les parents ! c'était quelque chose ça, les parents, même si aujourd'hui on les déteste, ou s'ils nous irritent, on en a plein la bouche, la tête — et soi, soi-même, encore tout enrubanné des fumerolles de l'enfance, on pourrait occuper leur place ?

Par parenthèse, certains changements de situation doivent fréquemment générer des sentiments d'imposture, même lorsqu'on n'y est pas prédisposé : d'enfant à parent, certes, mais aussi d'élève à professeur ou de patient à psychanalyste. Après tant d'années pendant lesquelles on était assis derrière son petit bureau d'étudiant, ou allongé sur le divan, on est projeté un jour dans la case mirifique où se tenait celui qui savait (il nous enseignait, il nous soignait) : un changement de statut aussi radical peut-il être assumé sans trouble ? Fin de parenthèse.

Tu imagines bien que les cas de figure que tu as évoqués plus haut ne suffisent guère à décrire la multiplicité des histoires d'enfance qui mènent à l'*imposture*. Juste cette conviction : au-delà des situations ponctuelles et inévitables qui provoquent un sentiment d'imposture à un moment donné, la racine de ce sentiment chez ceux qui en souffrent plus que d'autres vient de l'enfance, de la période où se construit l'identité.

Idéal du moi

Alors tu t'es frotté les mains de l'air de qui connaît l'importance et la difficulté de sa tâche, tu t'es assis à ton bureau en t'enfonçant solidement dans ton fauteuil, et tu as ouvert le *Dictionnaire de la psychanalyse*, à l'article « Idéal du moi ». Gros morceau pour ton petit gosier. Mais tu sentais qu'il fallait chercher par là.

Dans les premières années, dit Freud, l'identité se construit par confrontation à des personnes aimées auxquelles s'identifie le petit enfant. Par identification s'élabore progressivement un idéal du moi qui se présente comme une forme à réaliser, un idéal intime (et relativement inconscient) à atteindre. Cet idéal du moi se distingue du surmoi en ce que ce dernier se forme à partir d'interdits intériorisés (« tu ne dois pas être comme ceci »), tandis que le premier répond au contraire à des exigences intériorisées (« tu dois être comme cela »). Freud rapproche les deux instances en leur attribuant la même fonction d'auto-observation et de censure[1].

Là où tu reconnais quelque chose et où tu fais ton petit potage : la théorie dit qu'un trop grand écart entre le moi et l'idéal du moi provoque un sentiment de honte, tandis que le sentiment de culpabilité est le résultat d'une transgression (imaginaire ou réelle) des interdits intériorisés. Ah ah ! Quand tu essaies de détailler les affects composant le sentiment d'imposture, il te semble qu'il s'agit à la fois de honte et de culpabilité. Culpabilité d'occuper une place indue. Honte à l'idée qu'on s'en aperçoive. (Dans l'enfance, la phrase pétrifiante de certains parents : « Pour qui tu te prends ! ») Détaillons. Transgresser, au sens étymologique : trans-gresser, passer la barrière, se rendre de l'autre côté, hors la loi. Ton comparatiste, ta monteuse ou la nouvelle lady de Winter n'ont outrepassé qu'imaginairement la loi. Ils ont diplôme, compétence reconnue ou certificat de mariage qui légitiment leur nouvelle position. Mais intimement, selon leur chimère, ce serait la conséquence d'une sorte d'erreur de la part de l'institution ou du mari, qui les ont mal évalués. Ou plutôt, eux, les *imposteurs*, savent intimement que ce qu'ils sont ne correspond pas à la case, laquelle case apparaît exactement comme un idéal. Leur moi ne correspondrait pas à la re-

1. Pour des analyses détaillées, voir « Le Moi et le Soi » (1923), *in* Sigmund FREUD, *Essais de psychanalyse*, et « Pour introduire le narcissisme » (1914), *in* Sigmund FREUD, *La Vie sexuelle*.

présentation idéale qu'ils se font de la case — ou plutôt : de celui qui pourrait légitimement l'occuper. L'idéal du moi a la figure du moi qu'il faudrait être, selon eux, pour correspondre vraiment à cette case. D'où le sentiment de honte. (Max Jacob : « Je suis trop petit pour la place. »)

Honte d'être trop misérables par rapport à l'idée qu'ils se font de celui qui pourrait occuper la case, culpabilité d'avoir franchi le seuil, de s'être rendus dans le château quand même. Tu te dis que peut-être la spécificité de l'*imposture*, sans doute parce qu'elle engage du social (une case) autant que de l'intime (une représentation de soi), ce serait un mélange de honte et de culpabilité, une double implication du surmoi et de l'idéal du moi dont l'*imposteur* contrarierait les exigences respectives.

La honte

L'autre jour tu essayais d'exprimer l'idée qu'il y a des bénéfices aussi à l'*imposture*, et que tu te refusais à parler de « complexe d'imposture ». Trop lourde, trop pétrifiante, la notion de complexe donne à un sentiment volatil et quasi général (à des degrés divers) l'allure d'une sorte de maladie de l'âme. Tu développais ce sujet devant Julie qui a protesté. Elle t'a dit : « Ah, n'exagère pas ! C'est un frein terrible, l'*imposture* ! » Tu as ri sous cape parce que tu ne vois pas en quoi ça l'a freinée, elle qui se prétend si concernée. Qu'elle ait souffert, tu veux bien le croire, mais de quoi ? Du coup tu y as réfléchi sérieusement : à quelles conditions l'*imposture* serait-elle un frein ? Presque jamais, te semble-t-il. Car pour se sentir *imposteur*, il faut être dans la place, œuvrer pour y demeurer, pour conserver le pouvoir qui y est attaché. Le sentiment d'imposture ne vient qu'à ceux qui « réussissent ». Dire qu'il peut entraver une existence résulte peut-être de ce qu'on le confond avec la honte. On le peut. Les deux affects se ressemblent et tu viens d'écrire que la honte se mêle sans doute à la culpabilité pour composer le sentiment d'imposture. Mais à présent tu voudrais explorer la honte, non comme affect entrant dans la constitution d'un sentiment plus global, mais comme principe d'une identité, afin de la distinguer du sentiment d'imposture.

Lord Jim de Joseph Conrad : tout jeune, frémissant des rêves d'héroïsme de l'adolescence, attendant impatiemment l'épreuve qui confirmera sa bravoure (« Il n'avait cessé d'imaginer des périls et leurs parades, s'attendant au pire, et s'entraînant à y jouer son plus beau rôle »), le marin Jim embarque sur un rafiot qui transporte des centaines de pèlerins étrangers. Une nuit, inexplicablement, le bateau heurte violemment un obstacle en pleine mer. Jim et l'équipage, persuadés que le navire va sombrer sous le grain qui s'annonce, s'enfuient à bord d'un canot de sauvetage. Que Jim s'enfuie, c'est beaucoup dire : « Pour quelle cause il avait été arraché à son immobilité, il n'en savait pas plus que l'arbre déraciné n'en sait sur le vent qui l'a abattu. » Que pouvait-il faire d'autre ? Rien sans doute, sinon affronter la mort avec les passagers, comme un marin d'honneur. Le bateau parvenant, contre toute attente, à rester à flot et à atteindre le port, la lâcheté de l'équipage est révélée au monde. De ce moment, parce qu'il a failli une fois, Jim perd l'estime de lui-même et se cache, dissimulant son identité et son passé, puis finit par se réfugier dans un pays éloigné de la (sa) civilisation (peuplé, peut-être, du même type de personnes qui furent les pèlerins du bateau — lui donnant ainsi l'occasion de se racheter), pays où il espère renaître.

Jim se sent-il *imposteur* ? Tu crois plutôt que Jim est en proie à la honte, ce sentiment qui s'en prend à l'amour-propre et ruine l'opinion qu'on a de soi. Primo, il a raison : il a effectivement fauté (même si les circonstances et sa jeunesse pourraient partiellement l'excuser). Ce qui n'est pas le cas de l'*imposteur*, qui ne commet pas à proprement parler de *faute*. Secundo, Jim n'essaie plus d'occuper la place (de reprendre la mer) : il ne s'en sent pas digne. Tandis que l'*imposteur* veut rester dans la place même s'il doute de sa légitimité.

La part du réel est beaucoup plus franche dans la honte de Jim : il existe une norme (le marin doit couler avec son bateau), à laquelle il a dérogé, et sa faute a pour effet qu'il intériorise le jugement d'autrui (jugement effectif et non fantasmatique : il y a bien un procès, même si le verdict impose simplement le retrait de son brevet puisque, après tout, il n'y a pas eu mort d'homme). L'*imposture*, elle, se joue en circuit fermé, elle se dispense du jugement d'autrui (si ce n'est celui, redouté, d'un autrui fantasmé : si je venais à être découvert, se dit l'*imposteur*).

À l'issue du procès, Jim déclare qu'il ne vaut « pas mieux qu'un gueux maintenant », et ajoute qu'« un jour ou l'autre on doit bien avoir une chance quelconque de tout regagner ». C'est donc que quelque chose a été perdu qui pourrait se reconquérir : l'estime de soi. L'*imposteur*, lui, ne « perd » ni ne gagne rien.

Bien sûr, on peut tout à fait rapprocher ces deux problèmes d'identité. Ce sont des phénomènes intérieurs qui se développent pareillement au croisement de l'affectif, du sexuel et du social. On peut échafauder tout l'édifice de sa personne sur un sentiment de honte, parce que enfant on vous a humilié (cette fois où vous avez déclaré que vous vouliez épouser, quand vous seriez grand, la belle dame voisine, et tout le monde a éclaté de rire en vous traitant de minus — vous en avez conçu pour toujours un sentiment d'infériorité qui est une blessure narcissique très grave : vous avez imaginé, ce jour-là, que vous étiez définitivement « trop petit » pour ce rôle, vous avez pensé, et il en reste de profondes traces aujourd'hui, que c'était votre destin « d'être un objet sexuel inadéquat, rejeté et humilié par les objets mêmes de son désir[1] » — si vous le dites avec les mots de la psychanalyse).

La situation sociale peut aussi provoquer la honte, pour soi-même ou pour ses parents, ce qui revient quasiment au même (cette façon qu'on

1. Sigmund FREUD, *Le Délire et les Rêves dans la* Gradiva *de W. Jensen.*

avait de vous faire sentir que vous étiez moins que rien, vous, le fils de cette mère alcoolique chez qui les hommes se succédaient, et l'argent qui manquait tout le temps, etc.). On ne dira jamais assez que le social n'est pas que du social (extérieur, rationnel, conscient), mais qu'il est très intime, que ses répercussions sur la psyché sont tout aussi définitives et blessantes que les traumatismes sexuels ou affectifs : le social peut être le lieu d'une violence dont les conséquences émotionnelles sont multiples.

Et Étienne, par exemple, qui était si pauvre, oh, digne, mais si pauvre — mais il n'en parle guère aujourd'hui, on n'a pas envie d'étaler sa misère, n'est-ce pas ? —, il (ou ses parents, c'est tout comme) aurait eu bien mauvaise grâce à ne pas s'en tenir pour responsable : quand on est si peu de chose, on doit bien l'avoir mérité d'une façon ou d'une autre, non ? (Piège de la société du mérite : celui qui n'y réussit pas, alors qu'en théorie chacun le peut, ne doit s'en prendre qu'à lui-même.) La souffrance sociale originelle s'est muée en souffrance psychique, son sentiment d'identité en a été altéré et aujourd'hui il se sent responsable de son sort : il a intériorisé la honte.

La honte s'hérite : souvent, lorsque les parents sont sujets à la honte, par exemple lorsqu'un secret entache leur origine (enfant naturel, abandonné, etc.), leur sentiment d'illégitimité et, partant, d'humiliation, se transmet à leur enfant. Celui-ci a alors honte pour lui-même et pour eux, double perturbation. Son identité, qui se sera construite par sédimentation de ces différentes sources de honte, sera nécessairement fragile. Il y a fort à parier qu'il vivra avec un violent sentiment d'infériorité.

En somme, la honte peut être la conséquence d'une humiliation personnelle (vous êtes surpris dans une situation honteuse, ou vous êtes maltraité, ou vous avez vu vos proches humiliés), mais elle peut aussi résulter de l'assimilation invalidante à son groupe d'appartenance (famille, race, classe sociale). La trace psychique en persiste même quand l'humiliation a cessé.

Précisément parce qu'on est toujours solidaire de la honte des parents, les stratégies pour en sortir ne sont pas toujours efficaces. Car les enjeux sont terriblement paradoxaux : sociaux, ils commandent d'essayer à tout prix de réussir, de faire mieux que ses parents, afin de les dépasser et, ce faisant, de venger leur humiliation. Mais, affectifs, ils entrent en contradiction avec l'estime (comment éviter le mépris envers un parent si faible ?), ou avec cette tendance déjà évoquée plus haut à ne pas souligner la faiblesse parentale (cette femme disant, pour expliquer qu'elle se mette régulièrement en situation d'échec : « Si je peux faire mieux que ma mère, ça veut dire qu'elle aurait pu mieux faire »).

Sortir de la honte, qui est humiliation intériorisée, demande qu'on la rejette à l'extérieur. Tu sais l'histoire de Françoise qui, ayant pris conscience que la pauvreté n'était pas exactement l'effet d'un destin personnel mais la conséquence des inégalités sociales, devint militante communiste et, par cette révolte, recouvra l'estime d'elle-même. (Tu peux voir des rapports entre ce mécanisme et celui de l'*imposture* quand elle conduit à la rébellion contre l'état du monde.)

On l'aura compris, le maître mot ici est « humiliation ». C'est parce qu'on a été effectivement mis dans une situation d'infériorité qu'on en ressentira de la honte. La conséquence la plus fréquente en est l'inhibition. Impossible d'avancer car on a trop piètre opinion de soi-même. L'idée qu'on porte une tare, qu'on a été marqué par une faute ou alourdi par un héritage qui interdit de traverser dignement le monde, empêche qu'on entreprenne, qu'on se déploie parmi ses semblables. Il faut se cacher, faire profil bas, ne rien convoiter. Car on se sent mauvais au-dedans, on ne s'aime pas.

Tu sens combien cette inhibition correspond mal au sentiment d'imposture. Celui-ci survient à qui a déjà commencé à entreprendre et à réussir — ou tout au moins à celui qui se trouve déjà *dans la place*. Ou encore à celui qui ne se sent pas assez « inférieur » pour ne pas briguer la position, à celui qui a l'orgueil de s'y maintenir. La honte empêche d'agir. L'*imposture* est profondément désir (et étonnement) : désir d'action, de mouvement, de victoire (et étonnement de se maintenir, de n'être pas découvert et rejeté).

Si Jim n'avait pas eu honte, il aurait repris la mer, et il aurait eu sale caractère, fermé, taciturne, revêche, car il aurait craint sans cesse (s'il s'était senti *imposteur)*, d'être découvert, mis à nu (ah ah ! le capitaine qu'est un trouillard, qui ne sait pas mener son bateau, qui tremble sous les orages), il aurait redouté le quartier-maître clairvoyant qui, embarquant à son bord, aurait démasqué en lui le marin d'eau douce. Mais, bon sang, taciturne et revêche, il se serait enchaîné à son mât, et rien n'aurait pu l'empêcher de sillonner les mers en tous sens.

L'héroïsme

On peut donc trouver au moins un aspect très positif au sentiment d'imposture, c'est qu'il accompagne le plus souvent un vif désir d'agir et de réaliser ses souhaits. Il y a sans doute bien d'autres sources d'énergie qui font mouvoir les existences (goût du pouvoir, volonté d'être aimé, narcissisme, ennui, sens du devoir, etc.), mais celle-ci est bonne à plus d'un titre. Comme le sentiment d'imposture ne confronte l'individu qu'à lui-même, il ne blesse pas les autres (contrairement au pouvoir ou à l'amour). Comme il est très violent, il est efficace (jamais de répit pour l'*imposteur*). Comme il interroge les cases et les places, il peut déboucher sur une critique constructive. Comme il crée le doute, il ouvre à l'action.

En développant chez le personnage principal un problème d'*imposture*, les concepteurs de *Matrix* (premier épisode) en auraient fait un film passionnant qui aurait pu illustrer quelques-unes des vertus de ce sentiment. Voici ce qui est raconté : le jeune Néo, d'une nature inquiète, se satisfait mal de ce monde (d'ailleurs son patron — c'est-à-dire le monde — ne le trouve pas sérieux), il navigue donc (sur les réseaux Internet) en quête de quelque chose (mais de quoi donc ?). Il finit par rencontrer des sortes de résistants qui lui apprennent que le monde qu'il tient pour la réalité n'est qu'un simulacre, que des machines dévoreuses d'hommes ont pris le pouvoir et ont créé cette réalité virtuelle, enfin qu'un sauveur doit surgir qui les mènera à la libération. Le chef des résistants, Morphée, pense que Néo est cet élu. Néo, lui, incline à penser qu'il n'est qu'un homme ordinaire. Le film installe donc une situation humaine qui présente tous les caractères de l'*imposture* : Néo est mis (et consent relativement) à une place — celle de l'élu — dont il n'est pas certain qu'il peut légitimement l'occuper.

Péripétie : Morphée est soudain capturé par les méchants. Aïe ! D'après une sorcière que Néo a vue quelque temps auparavant et qui lui a affirmé qu'il n'était pas l'élu, le livre du destin de Néo indique qu'il devra donner sa vie pour sauver celle de Morphée. S'il croit la sorcière, en allant sauver Morphée, il court à sa perte. Mais évidemment, si la sorcière s'est trompée et qu'il est l'élu, les méchants n'ont plus qu'à trembler.

Ici, on approchait de la fin du film, et tu t'es dit que ça devenait vraiment intéressant. Car, bien sûr, Néo y va quand même, dans le doute, mais il y va. Et du coup, tu pensais qu'on ne saurait sans doute pas s'il était l'élu, mais qu'on était certain d'une chose, c'est qu'il était un héros. Et ça disait des tas de choses sur l'héroïsme, sur sa nature, et éventuellement sur son rapport avec l'*imposture*. Par exemple : qu'un héros est peut-être quelqu'un qui ne sait pas s'il jouit d'une protection particulière, si son destin est de vaincre, mais qui, soit parce qu'il conserve en lui une part d'enfance qui le fait croire à sa toute-puissance (à son « élection »), soit parce que, par idéal, il refuse la peur, au lieu de tergiverser fonce, va droit contre le dragon, en se disant : « Tant pis, je dois le faire, je dois sauver Morphée ou Amédée ou Anne-Charlotte ou le royaume », et par cette exigence de grandeur il s'extrait de la commune médiocrité et devient de fait un héros, c'est-à-dire quelqu'un que son courage distingue du reste des mortels. Car si on est (naît) élu, en revanche on se fait (devient) héros — ce qui est beaucoup plus intéressant.

Vous me comprenez : l'*imposteur* (celui qui ignore s'il est élu ou pas) pourrait, par le fait même du doute, devenir un héros en y allant *quoi qu'il en soit*. Ou encore : tu as peut-être du pouvoir (celui de mener ta vie au moins) et peut-être pas (tu es un tocard), mais *quoi qu'il en soit* tu y vas, tu prends le risque, tu combats, tu vis. Ainsi deviens-tu héroïque.

Matrix n'étant que *Matrix*, Néo n'est pas un héros mais l'élu, et il n'a donc aucun mérite à arrêter les balles de mitrailleuse une à une, à voltiger dans l'air, à tenir tête à une machine, etc. L'instant d'hésitation magnifique (quand il ne savait pas s'il était élu, c'est-à-dire protégé, mais qu'il décidait d'aller affronter l'adversaire) qui faisait de Néo notre frère en humanité se dissout en une schématique variation sur la figure du messie qui l'exclut de notre condition et de notre intérêt.

Ainsi, après l'avoir peint si misérable et si triste, anxieux, voici que tu rehausses notre *imposteur*. Cet instant d'hésitation qu'il connaît bien (« Aurai-je la force d'occuper cette place ? » se demande-t-il) lui offre la chance de l'héroïsme, précisément parce que pour lui aucune place n'est donnée, aucun lieu n'est protégé. Mais il y va quand même…

Une figure contemporaine ?

On te rapporte qu'un tel veut écrire un livre sur l'imposture et on te signale sans cesse articles, revues et mentions diverses de la question. Tu finis par te demander si, comme le prétend Philippe, la question est particulièrement d'actualité. Si c'était le cas, pourquoi ? Pourquoi l'imposture (et peut-être l'*imposture*) est-elle un phénomène d'actualité ? Essaie de développer une hypothèse dans ce sens, en abandonnant ton principe de multiplication des cas au profit d'un système d'explication plus général.

Tu dois revenir à cette idée que nous vivons sous l'injonction d'être « nous-même ». Et que c'est « fatigant[1] ».

Tu reprends des éléments de l'analyse d'Alain Ehrenberg qui décrit l'individu contemporain : il dit que le modèle traditionnel qui imposait des conduites, des règles d'autorité et de conformité

1. Alain EHRENBERG, *La Fatigue d'être soi. Dépression et société.*

aux interdits a cédé devant des normes qui incitent chacun à l'initiative individuelle en l'enjoignant à devenir lui-même. Nous nous sommes « émancipés », c'est-à-dire que « l'idéal politique moderne, qui fait de l'homme le propriétaire de lui-même et non le docile sujet du Prince, s'est étendu à tous les aspects de l'existence. L'individu souverain, qui n'est semblable qu'à lui-même, dont Nietzsche annonçait la venue, est désormais une forme de vie commune ». Mais la lourde conséquence en est que la responsabilité entière de nos vies se loge seulement en chacun de nous.

Si l'on suit en effet Ehrenberg qui cite Nietzsche : « Le fruit le plus mûr de l'arbre est l'individu souverain, l'individu qui n'est semblable qu'à lui-même » (*Généalogie de la morale*), qu'on se rappelle le problème de l'*imposteur*, lié à la double définition de la place et de lui-même et qui aboutit à l'angoissante question : « Suis-je celui que je devrais être pour occuper légitimement cette case ? », on peut se demander si une société qui ne propose aux individus que de ressembler à eux-mêmes n'exclut pas par principe qu'ils puissent ressembler à « l'habitant de la case ». De toute case. S'ils n'entrent pas nécessairement dans une tension insoluble entre ce qu'ils pensent être (« eux-mêmes »), et ce qu'ils imaginent ou savent de la case (modèle idéal, abstrait, en tout cas forcément différent d'eux-mêmes). En somme, n'est-il pas à craindre que l'individu qui ne ressemble qu'à lui-même ne puisse plus habiter aucune case légitimement ? Continue voir.

Le sociologue dit encore : « Nous sommes devenus de purs individus, au sens où aucune loi morale ni aucune tradition ne nous indiquent du dehors qui nous devons être et comment nous devons nous conduire. » Le couple autorisé-interdit qui organisait la société et les comportements jusque dans les années 1950 a fait place au système possible-impossible, lequel ne relève plus tant de la loi que des aptitudes individuelles. Tu peux imaginer que ce changement est favorable à l'*imposteur* (à l'être de désir qui ne demande qu'à bouger, changer et occuper des places — mais tu te rends compte que la langue à ce point pourrait créer une équivoque car elle a l'air de peindre l'*imposteur* en arriviste : non, tu veux juste parler de l'humain en tant qu'il se distingue du légume, parler de l'être en mouvement, et lorsque tu dis « réussir » ici, cela signifie « réaliser son désir », et évidemment pas ce qu'on entend communément par « réussite sociale »). Tu peux donc imaginer que cette organisation des conduites régie par le simple principe de « possibilité » est favorable à l'*imposteur*. Il désire, il tente et il se met dans la place. Mais ensuite ? Il n'a tiré sa légitimité à agir que de lui-même ; où trouver celle d'occuper le lieu ? Il ne suffit pas d'arriver quelque part, encore faut-il trouver des raisons d'habiter l'île, car cette île existe au-delà du simple désir du voyageur, elle est un donné avec ses contraintes. Or, les raisons ne se nichent plus qu'à l'intérieur de l'individu : « Au lieu que la personne soit *agie* par un ordre extérieur (ou une conformité à la loi), il lui faut prendre appui sur ses ressorts internes, recourir à ses compétences mentales. »

Au fond, si l'*imposteur* est si répandu aujourd'hui (ainsi pourrait-on répondre à l'hypothèse de départ de cette séquence), c'est qu'il est un homme normal, c'est-à-dire désirant, sans pathologie extraordinaire, mais placé dans une société qui n'offre plus de repère extérieur unique et ferme, de sorte que, de la posture qu'il atteint, il peut toujours mettre en doute la légitimité.

Autrement dit encore : Ehrenberg montre que le nouveau modèle d'individu né dans les années 1950 trouve son envers exact, c'est-à-dire sa pathologie spécifique, dans la dépression. Celle-ci se présente « comme une maladie de la responsabilité dans laquelle domine le sentiment d'insuffisance. Le déprimé n'est pas à la hauteur, il est fatigué d'avoir à devenir lui-même ». La dépression se présente comme une pathologie du changement, celle d'une personnalité qui cherche à être seulement elle-même dans un contexte où l'initiative individuelle et non plus l'obéissance devient la mesure de la personne, ce qui provoque un vif sentiment d'insécurité intérieure, et une panne de l'action.

Si le déprimé est en panne, fatigué de devoir être soi, persuadé de n'être pas à la hauteur de son idéal du moi, et pour cela frappé d'immobilité, l'*imposteur*, lui, est dans un mouvement de réussite, il veut réaliser ses potentialités, il en a peut-être les moyens, il le désire et il agit. Ce faisant, il réalise pleinement le programme d'initiative et de réalisation personnelles que propose la société actuelle. Mais, là, il est rattrapé par les caractéristiques de cette société : rien d'extérieur ne lui assure qu'il est l'homme de la place (qu'il est à la hauteur de son idéal du moi, ou de sa perception de la case). Il vit dans une sorte de flottement des définitions (de lui-même et de cette place) qui l'inquiète en permanence.

C'est dans cette mesure peut-être qu'on peut dire de l'*imposteur*, comme du déprimé, qu'il est bien l'homme d'aujourd'hui, mais dans sa version dynamique. Il est dans le désir, et aussi dans l'angoisse, mais celle-ci, principe moteur (contrairement à la dépression qui inhibe), le pousse au mouvement, à l'action.

Si donc tu voulais synthétiser une partie de tes réflexions diverses, tu dirais schématiquement : à la triade inhibition-dépression-honte, l'*imposteur* oppose désir-angoisse-sentiment d'imposture. Restent deux types contemporains que tu n'as pas évoqués : l'intégré (celui qui est absolument formaté pour la place qu'il occupe, éventuellement belle place d'ailleurs, et dont il ne bougera pas — le gardien du temple en serait une variation) ; l'individu sain (celui qui s'accommode si bien de notre monde qu'il y fait joyeusement sa place, et qu'il peut en changer — pas si courant).

[Impostrice]

Alors que tu écrivais la séquence précédente, tu t'es interrompu pour écouter une émission sur France Culture pendant ton déjeuner. Depuis quelque temps, quand tu pensais à la fin de ton essai, tu ressentais une vague inquiétude à l'idée de passer quand même à côté de développements que plus tard tu pourrais regretter de n'avoir pas su inclure. Et tu songeais notamment à plusieurs personnes qui avaient prétendu devant toi que les femmes auraient un rapport spécifique (particulièrement intense, semblent-elles dire) avec l'*imposture*. Toi, dans les choses de l'esprit, tu as tendance à privilégier le neutre (le genre de l'universel) et à te défier de la revendication d'une différence à laquelle tu ne vois pas ce que les femmes auraient à gagner : l'argument de la différence — improuvable si ce n'est pour les affaires du corps — a d'ailleurs toujours joué en leur défaveur. Bref, tu les as toujours écoutées d'une oreille circonspecte, les laissant parler sans jamais te sentir convaincu.

Tu en étais toujours là tout à l'heure, devant ta tranche de cabillaud et ta salade d'endives, tandis que tu écoutais quatre réalisateurs commenter l'actualité cinématographique. L'un de ces réalisateurs était une réalisatrice et elle avait annoncé d'emblée qu'elle ne se sentait pas à la hauteur des autres convives dans la discussion. Lesquels, d'ailleurs, parlaient beaucoup plus souvent qu'elle, et plus brillamment. Puis vers la fin, on lui a posé une question et elle a demandé qu'on la reformule. Un réalisateur a ri en disant qu'on « n'était pas sur France Inter mais sur France Culture » (ce qui malgré les apparences de ton récit n'était pas dirigé contre elle mais était la reprise d'une plaisanterie déjà faite au cours de l'émission). La réalisatrice a ri et a répété qu'elle avait prévenu, elle ne se sentait pas à la hauteur. Là tu t'es dit : « Quand même, jamais on n'entendrait un homme avouer cela sur France Culture. »

Tu as pensé à tes amies. Lorsqu'elles parlent de l'*imposture*, elles veulent dire, si tu les comprends bien, qu'il est difficile pour une femme d'être une intellectuelle, que les choses de l'esprit leur semblent réservées aux hommes — ou plutôt qu'elles croient sentir que les hommes considèrent cette sorte d'activité comme leur privilège naturel. Que de toute façon elles ont intériorisé le vieux partage du monde qui les exclut des sphères de la pensée et, de ce fait, elles se sentent *imposteurs* dans leurs activités intellectuelles.

Digression pour aller dans leur sens : tu ne sais pas pourquoi « imposteur » n'existe pas au féminin. Hypothèse de Camille, qui te paraît un peu tirée par les cheveux (et pour laquelle elle avoue qu'il lui faudrait l'aval de lexicologues), mais bon : on remarque que parmi les mots français qui ne connaissent pas le féminin (ou seulement depuis peu), on trouve ceux qui expriment des fonctions auxquelles est attaché du pouvoir : ministre, directeur de cabinet, conseiller d'État (pouvoir réel), écrivain, auteur, peintre (pouvoir symbolique), etc. Or, pour être (ou se sentir) imposteur, il faut occuper une place qui corresponde à un minimum de pouvoir (ce que tu as déjà formulé plusieurs fois : pour se sentir imposteur, il faut avoir réussi). Donc, vous avez compris Camille : pour qu'« imposteur » existât au féminin, il eût fallu que la nécessité s'en fît sentir, c'est-à-dire qu'il y eût des femmes ayant du pouvoir, ou le briguant, ou en jouant. Or, la chose est si récente qu'on n'a pas eu le temps (le besoin) d'inventer le féminin de ce substantif.

Joli.

En y réfléchissant d'ailleurs, tu ne vois pas autour de toi ou dans la vie publique tant de femmes que tu pourrais qualifier d'imposteurs. Des hommes, plus fréquemment. Bon.

Imposture-*imposture*

Finalement, tu peux parfois constater (mais rien de systématique à cela) des passerelles de l'*imposture* à l'imposture. C'était le cas pour Romand. Si tu penses à l'histoire de Frank Abagnale Jr., dont Spielberg a tiré le joli film *Attrape-moi si tu peux*, tu y trouves encore de l'eau pour ce moulin-ci.

Abagnale fut un imposteur magistral. S'enfuyant tout jeune homme du domicile familial dévasté par le divorce de ses parents, il commence par se prétendre pilote d'avion et se fait verser, avec de fausses feuilles de paye, un salaire. Plus tard, il se fait passer pour médecin, avocat, imprime de faux chèques et de faux billets, se marie sous une fausse identité. Une vie fabriquée de toutes pièces, avec un talent fou. Tu notes : quand la nature de l'imposture ne la rend pas révoltante (comme on verra tout à l'heure pour Grosjean), elle devient fascinante. Car quel génie, quel travail, quel sens de l'observation, quelle imagination, quelle persévérance sont nécessaires pour être un grand imposteur ! On suit le film de Spielberg avec la même exaltation que procure une histoire de hold-up brillante, lorsqu'il faut un déploiement d'intelligence extrême pour parvenir jusqu'aux coffres de Fort Knox.

D'où vient donc ce génie de l'imposture chez Abagnale ? Le film suggère des réponses. Enfant unique et aimé d'un homme hâbleur qui est spécialiste des petites combines et se croit très malin, il subit la double déception d'assister à la faillite professionnelle lamentable de son père, et au divorce qui en est la conséquence. L'imposteur ici, c'est d'abord le père — le frimeur qui, finalement, se révélera minable. Du coup, par mimétisme, dès l'enfance Abagnale développe de réels talents d'imposteur (ne commence-t-il pas, entrant dans la salle de cours où il se fait un peu chahuter, par faire croire qu'il est le nouveau prof ?). Que fait-il au fond sinon réparer, indéfiniment restaurer le père ? C'est d'ailleurs à ce père qu'il veut offrir, dès qu'il a engrangé les premiers fruits de ses impostures, une Cadillac. Prends, mon père, prends les signes de la puissance que j'ai acquise pour toi et dissimulons-nous que tu n'as pas su le faire.

L'imposture ici résulterait d'un sentiment d'imposture commun au père, se révélant soudain être un imposteur professionnel qui n'a pas tenu ses promesses de puissance et a ainsi perdu la mère, et au fils, qui prend conscience, dans la honte, de la médiocrité de son ascendance. Car comment être le fils de ce père-là ? Quelle case pour soi, quelle identité, alourdi d'un pareil géniteur ? L'identification déçue conduit parfois (souvent) à la volonté de « réparer » le parent défaillant. Soit en échouant soi-même sur les mêmes récifs (preuve que le parent ne pouvait donc pas faire mieux), soit, dans le cas évoqué, en devenant grand dans la voie paradoxale qu'avait indiquée le père : l'imposture.

C'est à partir de l'impossibilité d'occuper la case qui lui échoit à l'adolescence, ce que tu as déjà appelé im-posture, que s'élève la construction fascinante de l'imposture d'Abagnale.

Il te semble que le cas de Romain Gary relève de la même situation de départ. Dans *Vie et mort d'Émile Ajar*, le texte posthume qu'il laisse sur cette affaire d'imposture spectaculaire, il s'en explique clairement. Las de la médiocrité du milieu littéraire, fatigué d'être catalogué, il crée la surprise : puisqu'on le croit fini (et ne l'a-t-il pas suggéré lui-même dans *Au-delà de cette limite votre ticket n'est plus valable* ?), il va (s') administrer la preuve du contraire. Celui qui avoue être « atteint par la plus vieille tentation protéenne de l'homme : celle de la multiplicité » s'invente jeune écrivain débutant, Émile Ajar, et remporte le Goncourt qu'avait déjà obtenu Gary. On cherche l'homme sous le pseudonyme qu'on devine : il envoie son neveu Paul Pavlowitch remplir le pantin Ajar. Ce n'est pas assez : il écrit un roman, *Pseudo*, signé par Ajar et où le narrateur, qui s'appelle… Paul Pavlowitch, raconte l'histoire de son pseudonyme : Ajar.

Tu te demandes : cet Ajar, ne ressemble-t-il pas comme un frère à un Gary virtuel, un Gary tel que Romain aurait pu le devenir — non plus l'aviateur compagnon de la Libération, le brillant diplomate, le grand seigneur, l'écrivain à succès, l'époux de Jean Seberg, mais le fils d'immigrés juifs de l'Est, dont le père a quitté le domicile dès sa naissance, et dont la famille s'est tant bien que mal implantée à Nice ? L'adoration de sa mère a fait de Romain l'homme accompli qu'il est devenu. Mais lorsqu'il se prétendit Ajar, n'était-ce pas en lui le fils de son père obscur qui contestait sa posture ? En somme, est-il impossible d'imaginer qu'il y aurait eu, chez l'homme à succès, un vague sentiment d'imposture lié à ses origines, qui l'incita à les « rejouer » sous pseudonyme ? On aurait bien envie de le croire en lisant le premier roman d'Ajar, *La Vie devant soi*, qui met justement en scène une sorte de double, Momo, jeune Arabe de quatorze ans privé de père et de mère qui doit inventer sa vie. Au risque de forcer l'interprétation, n'est-ce pas un autre lui-même, étranger à son pays d'accueil, tenu de s'y faire une place, que Gary a mis en scène ?

Encore une fois, tu as bien l'impression qu'au fond les hommes croient à la « naturalité » de leur identité : peu importe ce qu'on a fait de soi-même, on se croit rattrapé par sa « nature », marqué par ses origines. Tel a beau mériter la bonne place qu'il s'est bâtie, il souffre secrètement de l'humilité de ses parents et ressent une légère envie devant le bourgeois de souche ou le fils d'intellectuel — bref, devant quelqu'un qui n'est pas le premier de sa lignée dans la place. *La Place*, c'était d'ailleurs le titre d'un récit d'Annie Ernaux où celle-ci évoquait le sentiment qui se trouve comme au verso de celui que tu cherches à décrire : le trouble d'avoir « trahi » ses origines, d'avoir quitté le monde modeste de ses parents. Elle aurait aussi pu intituler *La Place* le récit qui raconterait l'univers bourgeois et intellectuel dans lequel elle est entrée et dont il n'est pas impossible qu'il provoque en elle un vif sentiment d'imposture.

Ainsi, comme nous y incite l'ordre bourgeois né de la Révolution française, et comme nous en sentons en nous l'ardente possibilité, nous voulons inventer notre vie, car nous sentons que ce qui nous fait homme est précisément cette capacité infinie de nous autocréer, de tenter et de réussir quelquefois à déjouer les déterminations, à franchir les limites. Cependant, ce mouvement est intimement miné par la croyance très répandue, quoique jamais formulée telle quelle, en la « naturalité » de notre condition. Nous pensons, secrètement, à notre insu, que la naissance, la première formation, l'ascendance, inscrivent en nous une nature et que celle-ci finit par nous rattraper, quoi que nous ayons fait pour nous inventer. Chimères. Mais autant regarder les fantômes dans les yeux : Gary se fit Ajar.

L'ambiguïté de la case

« Les académiciens Goncourt me poursuivaient jusque dans mes rêves, réclamant des comptes à mon impéritie, me sommant de prouver par une œuvre majeure que j'étais bien celui qu'ils avaient couronné. » N'est-ce pas que dans ce récit de Jean Carrière vous commencez à reconnaître un rêve typique d'*imposteur* ?

L'histoire de Gary et de son deuxième Goncourt sous le pseudonyme d'Ajar rappelle une autre histoire fameuse du milieu littéraire, où tu retrouves quelques-unes de tes questions (« Mais les neveux de Van Gogh ? »), mais où, cette fois, tu pourrais dire que le sentiment d'imposture résulte non seulement d'une donnée idéologico-esthétique (le paradigme de l'artiste maudit), mais aussi d'une situation qui, par sa brutale modification, le provoque artificiellement (c'est-à-dire chez quelqu'un qui n'y était peut-être pas particulièrement prédisposé). On pourra toujours te répliquer qu'il y avait certainement en cette personne le ferment de l'*impos-*

ture qui ne demandait qu'à être activé. Ou, plus généralement, que nous portons tous en nous ce ferment à cause du jeu des postures dans le triangle œdipien où l'enfant convoite la place du parent de même sexe et les jouissances confuses qui y sont attachées, acquérant ainsi une disposition précoce et vive à l'*imposture*. Soit. Admettons cette généralité et explorons quand même les manifestations superficielles, ou tardives, du sentiment d'imposture, car chacune d'elles révèle une facette de la question.

Si donc tu reprends la formule de Max Jacob, « Je suis trop petit pour la place », tu peux concevoir que, en cas d'agrandissement brutal d'une place donnée, son occupant s'y sente soudain un minus. Il n'existe pas tant de situations existentielles où un tel changement de proportions puisse advenir. Peut-être chez les gagnants du tiercé — mais tu ne sais rien de leurs réactions — et en tout cas chez certains artistes « chanceux » : un beau jour, soudain, gloire et popularité — un prix.

Jean Carrière avait écrit son deuxième roman, *L'Épervier de Maheux*, sans être bien certain qu'il trouverait éditeur. Tu connais bien cette posture : tu ne sais si ton poème peut être compris, ni s'il a la moindre valeur, mais tu dois l'écrire, et tu l'écris, tranquille et obstiné dans ton coin. Surprise : Carrière obtint le Goncourt. À partir de ce moment, il fut aspiré dans la tourmente qui emporte le lauréat d'un prix prestigieux. Dépersonnalisation (on ne s'adressait plus à sa personne mais au primé), réification (il n'était plus maître de son temps, de ses déplacements ou de ses relations) et culpabilité (il n'en méritait certainement pas tant, pensait-il). À ce stade, tu reconnais un problème d'identité classique, qui tient au décalage entre le sentiment de soi et l'image que nous en renvoie autrui. Pourtant, ce que l'écrivain a raconté dans son autobiographie, c'est-à-dire les conséquences immédiates et à long terme de cette « épreuve[1] », te paraît relever plus particulièrement du sentiment d'imposture. Ses mots, quinze ans plus tard, dans *Le Prix d'un Goncourt*, le disent assez : « Toute cette partie de ma vie me paraît si abstraite, si hallucinée, que c'est un étranger qui l'a vécue à ma place. » Le double fantasmatique pointe son nez. Son nom même ne lui est plus familier, comme s'il « avait cessé de m'appartenir et qu'un fantoche eût pris ma place pour le porter ». Étrangeté à soi qui rejaillit sur la perception de son activité d'écrivain : « Mais le pire, c'était d'être propulsé, par la faute de ce succès excessif et brutal, dans une catégorie d'écrivains qui n'était pas la mienne. »

Cependant, une telle situation ne va pas sans ambivalence. Tu as envie de dire aussi que Carrière se sentait sans doute… « trop grand pour la place » : écrivain formé comme nous tous au moule de la

1. Pour reprendre l'expression de Nathalie HEINICH dans *L'Épreuve de la grandeur*.

modernité, il aspirait à la singularité. Or, la singularité (Van Gogh, Cézanne, Bartok, etc.) ne conduit pas toujours à la reconnaissance immédiate et à la renommée populaire. Dans ce cas, le prix Goncourt (la plus populaire des distinctions littéraires) ne signifiait-il pas « absence de singularité » ? Alors comment ne pas crier au malentendu ou interpréter autrement qu'avec suspicion à l'égard de son livre un tel succès ? (L'autre jour encore, un plasticien, l'œil fier, t'a dit : « Oh, ne croyez pas : je ne vends presque rien »...) Dans une formule aussi complexe que confuse, qui oppose le talent à la gloire, Carrière écrit : « Le découragement me prit : je n'aurais jamais assez de talent pour faire oublier la gloire imméritée que m'avait obtenue la chance plus que le mérite. » Trop petit, trop grand — l'*imposture* consiste à ne pas se sentir l'homme de la place.

La suite de son histoire, très pathétique, développe les figures de l'*imposture*. Carrière dit : « Je ne me sentais pas le droit de disposer à ma guise de mon argent, comme si je n'étais pas certain qu'il fût vraiment à moi. » Un de ses amis, médecin, s'étonne : « C'est à croire que tu as honte d'exister. » Il ne parvient plus à écrire, « pétrifié par l'impuissance », car qui est-il en tant qu'écrivain ? Carrière, ou le Goncourt ? Et comment écrire ensuite ? Le changement de statut produit un *double bind* : « En passant du registre de l'auteur discret à celui de vedette, j'allais me retrouver empêtré dans un problème insoluble : écrire selon une démarche qui, d'après moi, ne pouvait guère correspondre au profil de l'auteur à succès, et en même temps rendre cette démarche accessible à tous ceux qui m'avaient assuré le succès. » Il s'accuse de trahison, de supercherie, se croit faussaire, s'impute tous les malheurs qui surviennent autour de lui, va jusqu'au désir de suicide et entre dans une longue dépression.

Ce qui te paraît très intéressant ici, c'est le sentiment d'imposture lié à l'ambiguïté de la case. Habituellement, l'*imposteur* valorise la place qu'il a atteinte, professeur, psychanalyste, femme, etc., et c'est sa représentation de lui-même, et non la valeur de la case, qui lui pose problème. Ici, Carrière ne parvient plus à écrire car il est pris dans une contradiction qui tient au statut ambigu qu'on attribue au Goncourt de nos jours : il doit fournir la preuve qu'il a mérité cette « récompense prestigieuse » (première définition du Goncourt), et en même temps, il sait qu'écrire dans l'esprit Goncourt revient à faire de la littérature quasi commerciale (deuxième définition du Goncourt). Honorifique/déshonorante : l'ambivalence de la case le conduit à une situation intérieure désespérée.

Champion !

Le corps s'arrache du starting-block et en moins de deux secondes les muscles développent leur puissance maximale, soleil radieux au-dessus et force au-dedans, les jambes cisaillent rythmiquement l'air, la parfaite machine de chair obéit, répond au désir du cerveau qui la propulse vers la ligne d'arrivée — quinze ans, quinze ans d'efforts, de travail, de privations, pour que le corps-esprit réalise l'injonction venue de l'enfance : « Sois le plus rapide », et ce matin, il le comprend dans un éblouissement : il vient d'arriver premier. 9 secondes, 87 centièmes. 9'' 87'''. Deux chiffres. Incontestables. 9'' 87''' qui le font champion. « Champion » : case à chiffres, case vérifiable, case certaine. Pas de hasard : il est celui qui a œuvré quinze ans (sueur, souffle, ascèse, pas de vin, peu de femmes, emploi du temps strict, discipline) pour l'occuper un jour. « Champion. »

Tu as toujours pensé qu'un sportif ne pouvait pas être concerné par l'*imposture*, que celle-ci était souvent suscitée (réveillée) par un défaut de définition de la case qui excluait que quiconque s'y sentît vraiment chez lui, tandis que dans un stade, 9" 87"', on l'avait fait ou pas, on était donc champion ou pas, c'était une vérité du corps, une assurance des chiffres, une évidence. Tu t'étais même dit que, aux deux extrêmes du spectre, tu pouvais mettre d'un côté le sportif — absolument non-*imposteur* — et de l'autre le comédien. Le comédien : tu les as souvent entendus raconter comment tel soir, alors qu'ils avaient l'impression (la certitude) d'avoir été médiocres, à côté du texte, misérables, les spectateurs venaient les louanger pour leur exceptionnelle performance. Et l'inverse, bien sûr : certains d'avoir joué au plus juste, inspirés même, et constatant que pour les spectateurs ç'avait été une soirée assez ordinaire. Être un bon comédien ? Case sans mesure, sans moyen d'évaluation, simplement l'enthousiasme du public qui te fait roi ou te détrône, et tu ne sais pas vraiment pourquoi, ou du moins ce que tu crois savoir ne rencontre pas toujours la confirmation du public. Alors devenir un grand comédien, une star, ce doit être terriblement inquiétant : funambule soutenu par le regard de la foule, et si les yeux se détournaient ? Si tout à l'heure, si demain, ils décident que tu n'es plus roi ? Et d'ailleurs, aujourd'hui qu'ils t'ont élu, en vois-tu les raisons ? Es-tu bien certain de comprendre ce qui en toi, dans ton jeu, t'a valu cet honneur ? Et seras-tu capable de recommencer, demain, de réussir à leur plaire de nouveau ? Certains comédiens (des acteurs de cinéma surtout) demandent des cachets faramineux. Ce n'est pas tant le goût de l'argent qui les anime que la recherche de la preuve, matérielle, concrète, de leur talent et de l'amour du public. Leur façon de faire 9" 87"' en somme, de se rassurer avec des chiffres éloquents.

Qui pouvait penser que ceux qui ont pour eux les chiffres se sentiraient *imposteurs* quand même ? Et pourtant : pourquoi Marie-José Pérec s'est-elle enfuie au lieu de concourir et, sans doute, de gagner encore ? Quelle terreur l'a chassée du stade ? On te dit que Yannick Noah, champion s'il en est, lorsqu'on l'interroge sur sa carrière, ne cesse de parler du sentiment d'imposture. Alors tu imagines (bien obligé) : faire 9" 87"', sachant qu'on aurait pu, après tout, faire 9" 97"' et être second, pensant qu'il a fallu que le soleil ne darde pas un rayon gênant cette seconde-là, qu'il a fallu que les rivaux perdent quelques centièmes au démarrage, qu'il a fallu un léger hasard (car le corps n'est pas une mécanique, non, il a sa marge d'aléatoire, d'imprévisible), un léger hasard pour que ce soit toi, et non le second, qui s'était comme toi entraîné dix-sept ans, même ascèse, même volonté, un léger hasard pour que tu arrives premier. Tu imagines que le champion ne peut pas éviter de se demander jusqu'à quel point le hasard a contribué à sa performance, s'il méritait vraiment son titre et s'il sera capable de le conserver.

Ou cette chose encore, que t'a rapportée un ami sportif, le sentiment d'illégitimité du champion en titre face au perdant plus doué. Doué : le don, la naissance, le cadeau d'une nature généreuse. On dit au gagnant : « Bravo, vous êtes le champion. » Et lui : « Que non, que non, ce n'est pas moi, c'est lui le champion. — Comment ? Mais c'est bien vous qui avez remporté le titre ! — Certes, mais je me suis entraîné tous les jours, tous les jours comme une bête de somme sous la baguette de mon entraîneur, tandis que lui, lui, n'a rien fait, des soirées et du vin, peu d'entraînement, et vous avez vu sa performance, les doigts dans le nez, la grâce ? C'est lui le véritable champion. » Le doué, même troisième ou quatrième quand il n'a pas fait d'efforts, sera toujours plus élégant que le méritant.

Et puis champion, champion, on a beau l'avoir follement désiré, l'avoir vécu comme l'idéal majeur, est-ce que soi, le petit soi, a vraiment l'étoffe pour habiter ce mot si grand ? Est-ce que moi, Marie-Jo, bonne fille, aimée dans mon clan (qui suit tous mes déplacements, ah, ces gens délicieux et simples d'où je viens), est-ce que moi je serais une… championne ? Moi qui aimais tant les pâtes au beurre et le petit chien de ma tante (tu inventes), moi si sérieuse et si assidue, si fragile par moments, par endroits, moi, championne ? Mais vous vous trompez, vous vous trompez tous, ne me demandez pas ce que c'est que d'être championne, je n'en sais rien, je ne suis que Valentine, Caroline,

Joséphine, je suis moi, pas cette chose énorme et impersonnelle, *championne*. Oui, je l'ai voulu, j'ai voulu faire 9" 87"', mais je ne sais si je pourrai le refaire, et « championne », je n'avais pas idée de ce que c'était et je l'ignore toujours.

L'imposture amoureuse

Elle est devant toi. Elle est venue au rendez-vous (bizarre, ça, d'ailleurs, qu'elle soit venue ; mais pour l'instant tu n'y penses pas trop), elle te parle, avec ce ton sérieux qui t'a séduit d'emblée. Tu la sondes : manifestement vous avez les mêmes goûts dans de nombreux domaines. Tu parles avec ardeur, comme tu sais faire (sans difficultés), tu essaies d'avoir l'air intelligent (tu y parviens facilement, pas de fausse modestie), tu aimes beaucoup ce type d'échange : tu es séduit, tu veux séduire, et en même temps, objectivement, elle t'intéresse, elle t'intéresse de toute façon, tu te dis « délicieux, tout y est », et vous abordez la question politique — dangereux ça, facile de se quereller, ou d'être déçu — et non ! ça continue, vous patinez ensemble (doux crissement de la glace entaillée par les lames), vous glissez de concert, elle a ce foulard lilas (oui, tu dirais lilas) qui rehausse merveilleusement son teint, vous discutez longtemps, la nuit tombe. Elle te propose de changer de café et de t'offrir un verre de vin blanc dans un bar à vins qu'elle connaît. Oui. Tu dis oui. Tu te sens tout à fait prêt à aimer le vin blanc ce soir. Elle est douce et ferme à la fois, tout à fait ton genre, et tu as l'impression de l'intéresser. Alors, tandis que vous avancez le long du quai, tu sais qu'il va falloir faire ce geste si engageant — on n'a rien trouvé de mieux depuis la nuit des temps, dans tous les milieux et à tous âges —, ce geste qui t'a toujours fait un peu trembler d'avance : tenter de l'embrasser. L'air est clair, les bruits amortis par le fleuve, la lumière propice à l'étreinte. Tu te penches lentement vers elle, lentement pour lui laisser le temps de s'éloigner sans brutalité, tu respires son parfum, le grondement de la ville s'évanouit, tu vois le grain de sa peau. Elle tend le visage vers tes lèvres. Et après le baiser, elle dira : « Tu me plais tu me plais tu me plais. »

Imposteur, mon frère, bien sûr tu sais aller jusque-là sans encombre, tu sais plaire, enlacer, donner du plaisir. Tant qu'il faut miser et jouer, essayer d'emporter, ça va. Dans la bataille, ça va.

Variation I. Un mois plus tard. Le soleil — tu ne peux pas dire l'effet du soleil couchant sur le fleuve, le vocabulaire disponible est totalement essoré, usé, ridicule. N'empêche. C'est beau. Tu as eu raison de lui donner rendez-vous sur le pont, parce que si, comme tu l'espères, vous êtes au même diapason, avec cette sensibilité particulière des amoureux qui pensent confusément que toute beauté leur est destinée, que l'univers dessine un vaste réseau de connivences avec leur sentiment, alors tu pourras lui dire la chose miraculeuse — que tu l'aimes.

Et c'est là, *imposteur*, mon semblable, que tu vacilles. Tu ne manques pas de courage (l'*imposteur* en manque rarement), ce n'est pas ça, pas exactement ça, c'est plutôt que tu ne peux pas imaginer, pas imaginer une seule seconde qu'elle réponde positivement à ta déclaration. Tu ne te formules rien explicitement. Mais comment pourrais-tu être aimé, toi qui es si peu aimable, toi qui ne mérites pas l'amour ? Elle est délicieuse avec toi, mais, pas fou, pas présomptueux, tu n'en tires aucune conclusion favorable.

Variation II. (L'*imposteur* a quand même réussi à se déclarer.) Dans l'enthousiasme, vous vous êtes installés ensemble. Ton appartement était grand, elle devait déménager, vous n'avez pas réfléchi plus avant, vous avez décidé de vous mettre en ménage. Comment dire, au sein de ce bonheur intense, ces frémissements du cœur parfois, comme un boyau qui se tord, une main de glace sur le plexus solaire ? Son ton, tu entends son ton de voix et tu es saisi par la culpabilité. Bien sûr, tu fautes si souvent. Un verre mal rangé, un papier que tu as oublié, une heure que tu as laissée passer. Et puis cette faute fondamentale, comment dire, cette faute dont les autres ne sont qu'avatars ou métonymies : être toi. Il se pourrait qu'elle en joue, qu'elle ait compris comment te manipuler, l'idée t'en effleure quelquefois. Mais tu es tellement certain de n'être pas satisfaisant, au fond, au fond, déjà miraculeux qu'elle accepte de partager ta vie, non ?

Variation III. Tes amis pensent que tu en fais trop. Ils ne te le disent pas vraiment mais tu le sens à leurs regards désapprobateurs. Toujours disponible, aux aguets, « chérie » par-ci, « chérie » par-là, cette insistance à la servir, la resservir, à lui donner les plus beaux morceaux, à prévenir ses moindres désirs, les amis te trouvent trop attentif, « il en fait trop », tu crois les entendre. Mais savent-ils bien que tu es indigne ? Indigne, par nature, de cet amour qui t'échoit, et tu auras beau faire, tu ne seras jamais à la hauteur, et un jour elle s'en rendra compte, et elle verra que tu ne la mérites pas. C'est-à-dire que tu ne mérites l'amour de personne, en général. Le respect, l'estime peut-être (encore que…), mais l'amour, non, ce n'est pas pour toi.

Variation IV. Elle t'a quitté ? Bien sûr qu'elle t'a quitté. Comment pouvait-il en aller autrement ? Et tu as cherché, tout de suite, une autre femme, car tu ne peux pas rester seul, ça te démange, il faut que quelqu'une vienne apaiser cet endroit très intime où se nichent et la peur et le désir de l'amour, sinon cet endroit s'affole, s'affole encore plus que quand elles sont là, tes compagnes. Tes amis regardent celle-ci comme une pure erreur. Pas jolie, pas gentille, pas intelligente. Mais dites, sérieusement, est-ce que vous pensez que je mérite mieux ? Même celle-ci, que vous méprisez un peu, quand elle se rendra compte qui je suis…

Variation V. (L'*imposteur* ne s'est jamais déclaré car…) Sur le pont tu y es bien allé, mais tu t'es montré tellement désagréable ce soir-là qu'au bout d'une heure elle t'a signifié qu'elle avait mieux à faire et elle est rentrée chez elle. Si tu t'analyses : tu n'avais rien contre elle, évidemment, mais tu anticipes le moment où elle te détestera-méprisera-repoussera et la fierté t'oblige à te défendre par avance. Ainsi, tu l'agresses.

Variation VI. (Autre possibilité, après la première rencontre.) Tu n'es ni trop gentil ni trop méchant : tu attends. Tu aimerais bien qu'elle dise les premiers mots (d'amour), car pour ta part tu ne peux pas te ridiculiser en te déclarant auprès d'une femme dont tu ne vois pas, non, tu ne vois pas comment et pourquoi elle pourrait t'aimer. Tu attends si longtemps qu'un jour l'oiseau s'est envolé.

Variation VII. (En forme d'antidote.) L'honnêteté t'incite à rappeler que, du point de vue de l'autre, de celui qui est aimé par l'*imposteur*, les choses sont loin d'être tragiques, et même plutôt délicieuses. Marie prétend qu'on n'est jamais si heureuse qu'avec un *imposteur*. Elle a longtemps vécu avec Marcel, grand *imposteur* en amour, et, dit-elle, comme il savait lui faire sentir son amour, comme il savait en cultiver l'expression ! Bien sûr, pour lui qu'être aimé étonnait chaque jour comme au premier jour, rien n'était banal en Marie, ni sa beauté ni son intelligence, rien ne s'usait au quotidien de la relation, il gardait intacte sa capacité de s'émerveiller d'elle et de l'amour. Marie dit : « Vive les *imposteurs* amoureux ! »

En somme. Tu ne veux pas parler des imposteurs professionnels : tu ne diras rien de Denise qui, les yeux baignés de larmes, te dit qu'elle t'aime et qu'elle va épouser Jacques. Rien de Marianne, trop maquillée, qui déclare qu'elle ne croit pas plus à la fidélité qu'au couple, que la vie est faite pour danser, d'homme en homme, mais dont tu sais qu'elle rêve d'être demandée en mariage. Ni de Christophe qui t'affirme qu'il meurt d'amour pour Charlotte et qu'il pense à elle tout le temps quand, les soirs où Charlotte a une réunion, il va voir Marianne ou Anne-Marie. Mais sans doute un peu plus de Justine qui se croit si indigne d'être aimée qu'elle n'arrive pas à garder un fiancé, ou de Stéphane, célibataire, qui a tellement magnifié l'homme — le mâle — qu'il ne voit pas comment lui pourrait satisfaire une femme.

Tu ne parles donc pas des don Juans, de ceux qui promettent le mariage à chacune, de ceux, de celles, qui jurent fidélité entre deux rendez-vous secrets. À la rigueur, il conviendrait mieux de sonder ceux, celles qui se demandent comment est-ce, aimer d'amour, qui ne savent pas s'ils ressentent du désir ou de l'amour ou de la pitié, qui interrogent l'amour lorsque le désir l'excède ou se porte vers d'autres, qui se reprochent de faire croire qu'ils sont plus attachés qu'ils ne le sont vraiment, ou qui (se) dissimulent que l'amour est mort. Mais surtout, surtout, tu veux parler de ceux qui se croient indignes de l'amour qu'on leur porte.

Le mal-aimé

Belle est traitée comme une reine : parée de bijoux et de robes merveilleuses, servie, nourrie, couchée dans le velours et le duvet, et délicatement sollicitée par la Bête. « Belle, je viendrai chaque soir assister à votre dîner et vous poserai la même question : voulez-vous m'épouser ? — Et moi, la Bête, je vous ferai chaque soir la même réponse : non. »

Belle préférerait retourner chez son père auquel elle est profondément attachée et pour qui elle s'est sacrifiée : elle est venue au château enchanté en échange de la vie du vieil homme qui avait malencontreusement coupé une rose (pour elle) dans le jardin de la Bête.

La Bête est repoussante, bestiale : non seulement couverte de poils immondes et pourvue de griffes, mais se nourrissant d'animaux qu'elle chasse et dont elle se gorge en geignant dans la forêt. Comment l'aimer ? Et pourtant, la Belle se sent émue par la Bête. Elle lui trouve une bonté et une douceur qui ne font certes pas oublier son affreuse apparence et ses horribles manières de table, mais, comment dire, qui la touchent.

Et Belle n'est pas seule dans son cas. Cette petite princesse-ci, chez la comtesse de Ségur, comment aimerait-elle le crapaud qui veut entrer dans son lit ? Et celle-là, d'un conte africain, comment ne fuirait-elle pas devant le gnome qui la convoite ? De nombreuses fables nous racontent des histoires de mal-aimé et d'aveuglement des princesses qui, fort heureusement, finissent toujours par y voir clair à la fin du conte : il suffit qu'elles consentent à aimer pour faire surgir le beau visage du prince sous le faciès repoussant de la bête.

La fin du film de Cocteau montre, après quelques péripéties, cette merveilleuse métamorphose : Avenant, qui était, dans la vie réelle, le prétendant de la Belle, meurt pour avoir voulu forcer le trésor du château, et la Bête agonise (d'avoir trop attendu la Belle). Mais au seuil de la mort, la Bête, dans les bras de la Belle qui (s')avoue enfin son amour, renaît en prenant les traits (délicieux — tu penses, c'est Jean Marais) d'Avenant.

En somme, princesses, soyez plus avisées, car si vous voulez bien lui donner votre amour, le mal-aimé révélera sa véritable apparence, sa vraie nature : celles du plus merveilleux des princes.

Toutes ces fables de métamorphoses, dont *La Belle et la Bête* de Cocteau offre peut-être la plus belle version[1], opposent deux figures, celle de la jeune fille, belle, éthérée et innocente, et celle de l'homme, puissant, repoussant, en proie à des pulsions bestiales. L'interprétation en est éminemment sexuelle. Chez Cocteau, on voit bien qu'il faut d'abord que la Belle se détache de son père pour pouvoir aimer l'homme et accepter la sexualité. La fable indique que la Bête n'est qu'une chimère de la Belle, qu'en réalité c'est son charmant fiancé Avenant que son effroi devant la sexualité avait revêtu d'un physique effrayant, et par l'amour, le fiancé et la Bête ne faisant plus qu'un, la sexualité deviendra acceptable.

Mais on peut aussi comprendre ces fables sous l'angle du mal-aimé : celui du petit enfant, de l'adolescent auquel l'amour fait défaut et qui se sent perçu comme une bête répugnante, alors qu'un peu d'amour ferait de lui, dans les yeux d'autrui, une créature délicieuse. Est-ce qu'on admet assez que ce souci d'être aimé commande nos vies tout entières ? Tu me plais. Je te plais. C'est un événement. Les fables le disent, et disent aussi, à leur manière imagée, l'horreur de n'être pas aimé et le sentiment d'imposture qui en résulte : car qu'est-ce qu'avoir une apparence de bête si ce n'est la manifestation extrême, rejaillissant sur le corps

1. Le conte originel fut écrit par Mme Jeanne-Marie Leprince de Beaumont en 1757.

même, de l'inadéquation à la place, place fondamentale d'être humain et d'être aimé ?

Un jour de tristesse qui suivait une séparation, Marcel t'a parlé de l'*imposture* d'être aimé. Et depuis, vous y êtes souvent revenus, il en rit les jours de gaieté, rit de lui-même — n'empêche que ce n'est pas drôle du tout. Ça cogne à un endroit fragile. Il t'a dit que chez lui, être aimé provoque un étonnement à couper le souffle, de l'ordre de l'incroyable, qui donne le vertige, trop d'air entre d'un coup dans la poitrine, trop pour le petit être qu'on est, qu'on sait être, qu'on croit être. « Qu'on croit être, car, tu me diras ce qu'il en est pour toi, mais moi, depuis aussi longtemps que je me souvienne, je ne me suis jamais cru aimable. M'a manqué, incurablement, l'amour de mes parents. À moins que, source supplémentaire de culpabilité, je ne l'aie mal perçu : “Tout ce qu'on a fait pour toi, disent les parents, tu ne te rends pas compte...”

« Si j'essaie de me comprendre maintenant, dit Marcel, je vois que j'ai eu beau faire, de décennie en décennie, c'est comme si j'avais gardé cette poche d'enfance mal aimée qui m'a empêché d'y voir clair. La lucidité et le savoir étant du côté des parents, comment douter, dès lors, qu'ils aient eu raison, puisqu'ils savaient, puisqu'ils voyaient, eux, les adultes qui connaissaient la vie et les êtres, et qu'ils me signifiaient qu'ils avaient vu ce quelque chose qui n'allait pas en moi ? Toute ma vie, j'ai trimbalé cette intuition que quelque chose n'allait pas en moi — doublé du sentiment permanent de me comporter mal et de renforcer ainsi la légitime désapprobation de mes parents. Tu te demandes si je me comportais mal ? Non, je ne pourrais guère décrire d'acte qui m'aurait objectivement fait démériter. C'était l'impression confuse et générale qu'ils avaient raison d'être si mécontents, qu'ils percevaient correctement en moi la source de leur déception, source à moi-même obscure mais certaine. Aujourd'hui, ils disent encore : “Tu n'imagines pas, mon fils, à quel point tu étais pénible, tu étais trop jeune à l'époque, mais si tu savais, si tu savais quel calvaire…”

« Alors, dit Marcel, vient s'ajouter une autre couche de soupçon : tu te racontes des histoires, me dis-je, tu joues au mal-aimé comme tous les adolescents qui ne se sentent jamais assez aimés. (Ici tu l'interromps, tu lui lances : “Mais de quel moment de ta vie parles-tu ?”, et il te répond qu'on n'a pas d'âge pour cela, pour ces sentiments-là, que dans le domaine de l'amour on a tous les âges en même temps et pour tout le temps de notre vie.) Donc, poursuit-il, tu te dis que c'est toi qui t'es fabriqué ce conte cruel pour t'en tirer à bon compte, et ça, vois-tu, ce n'est pas reluisant de ta part. »

Ici, Marcel a repris son souffle, ce souffle court de l'enfant mal aimé qui lâche tout dans une phrase étirée et indignée, et pourtant encore trébuchante — alourdie du fait de douter de son innocence. Il te dit d'un air sarcastique (il aimerait souvent, tu le sais, être vraiment goguenard) : « Donc, soit tu as souffert de l'histoire familiale à juste titre, soit tu t'es raconté des histoires pleines de plaintes et de complaisance qui n'avaient pour fin que de t'attirer plus d'amour, toujours plus de cet amour que ton narcissisme d'enfant te pousse à réclamer et dont pourtant, tu le sais bien, tu es indigne. Mais voilà ton bagage pour la vie affective, en tout cas. Car tu es embarqué, comme tout le monde : tu es la Bête qui cherche une Belle. Et tu la cherches vraiment.

« Alors tu entres dans la danse, tu essaies. Et la vie, bonne fille, fait son jeu, t'offre ses opportunités. Voilà que, comme tout le monde, tu fais une rencontre, puis des rencontres, des liaisons, des passades, des mariages ou pas, la vie fait son office. Sauf que, dans sa variété même, au sein des chances qu'elle te donne, demeure le sentiment, tenace, que c'est étonnant. Étonnant que l'autre t'aime. Si elle savait… Si elle savait ce que tu es en réalité.

« Car même dans le cas d'un amour heureux, le soupçon est là, l'œil du surmoi est dans l'alcôve et regarde l'amant qui se sent aimé mais qui se souvient qu'il ne le mérite pas, qu'il est profondément insatisfaisant. Oui, si tu savais mon aimée, si tu savais ce que je suis au fond, très au fond, *en réalité* — la réalité, c'est toujours les autres, et les autres ce sont les parents qui d'abord et pour toujours, quoi qu'on en ait, en ont donné le modèle.

« Alors tu n'es jamais tranquille. Même dans l'émoi et les aveux d'amour les plus sincères, tu entends un autre soupçon, celui que tu as depuis toujours à l'égard de toi-même. Et ce soupçon te dit : "Tu es un imposteur, tu la trompes sur toi-même, tu ne mérites pas cet amour, ce trésor de son amour qu'elle te voue."

« Tu sais ce que j'espère ? Que sur mon lit d'agonie je puisse me dire : "Pauvre fou, c'est ainsi que les hommes s'aiment, tous." Alors, ce sera, j'imagine, comme si un grand rire m'étouffait, un grand rire de regret. C'était si bon, au fond, si bon d'aimer et d'être aimé, et je l'aurai désiré et j'en aurai joui plus que beaucoup d'autres. »

Tu opines du chef et dis à Marcel : « Beaucoup d'autres en effet… » Tous ceux pour qui être aimé est inconcevable. Il en est sans doute plus qu'on ne croit. L'*imposture* d'être aimé est un secret de polichinelle. Plus ou moins avoué, plus ou moins caché. La grande affaire, en vérité, la grande affaire de l'amour, puisque celui-ci marie les imaginaires et les réalités que fait tourner la porte battante du grand hôtel où nous nous enlaçons, dans les pleurs et les rires, les soupirs de plaisir et de peur.

Adolphe

Difficile de ne pas se poser la question de l'*imposture* chez l'Adolphe de Benjamin Constant. Tu n'es pas du tout persuadé que tu l'y trouveras, mais il faut que tu déroules cette pelote, sinon tu n'auras pas la conscience essayistique en paix.

Adolphe s'ennuie à la cour de D*** et se rend compte qu'il souhaite être aimé. Il jette son dévolu sur une femme fragilisée par sa situation sociale : elle est étrangère, plus âgée que lui, vit avec un homme dont elle a deux enfants et qui ne l'a pas épousée. Adolphe signale aussi ses limites intellectuelles : elle est dotée d'un « esprit ordinaire » et de « beaucoup de préjugés » — la précision vise sans doute à augmenter le prix des sacrifices qu'elle fera pour lui et qui auraient eu moins de valeur chez un esprit libre ; et puis, il s'agit peut-être d'indiquer que cette relation, dans toute sa singularité, n'est pourtant pas liée à la nature exceptionnelle de cette femme, illustrant ainsi l'axiome de Benjamin Constant : « L'amour est au reste un sentiment qu'on place, lorsqu'on a besoin de le placer, sur le premier objet venu. Tous les charmes qu'il prête sont dans l'imagination de celui qui l'éprouve.[1] » Ellénore est donc présentée comme une femme en difficulté, qui, refusant l'opprobre qui pourrait résulter de sa position sociale, est « en lutte constante avec sa destinée » et « fort malheureuse ».

On connaît bien la suite : Ellénore s'engloutit dans une passion à laquelle elle sacrifiera sa fragile position sociale, ses enfants, sa fortune et son père, tandis qu'Adolphe, dès qu'elle est « devenue un lien » et non plus un but, se détache d'elle. Mais, et c'est là toute la problématique de ce roman, il craint « horriblement de l'affliger », au point que la volonté d'Ellénore devient la sienne et qu'il se trouve dans l'impossibilité de la quitter. On verra donc tourner en boucle la relation terrible d'un homme qui n'aime pas une femme mais qui, ne pouvant se résoudre à la faire souffrir, prétend le contraire, avec des mots qui dépassent largement son sentiment réel. Même si Ellénore n'est pas entièrement dupe de ces déclarations (sa lettre testamentaire le prouvera), comment trouverait-elle le courage de ne pas écouter les mots qui flattent son désir le plus fort ? Ellénore sait mais préfère s'étourdir de ses vaines paroles. Et la relation dure.

Dans leur huis clos se développent constam-

1. Benjamin CONSTANT, *Journaux intimes*.

ment deux sortes de spirales mortifères : d'abord l'illusion (ressentie ou donnée) d'un amour vif ; ce qui provoque chez Adolphe le sentiment d'être piégé et le conduit à une attitude très violente pour se dégager ; mais cette violence n'étant pas assumée (il se la reproche chaque fois vivement), il tente tout de suite de la corriger et ainsi, par une funeste répétition, le couple retourne à la situation initiale de ligotage.

La deuxième spirale, qui concerne l'illusion, fonctionne aussi comme un mécanisme de tour d'écrou. Elle se met en place dès les premiers moments de la relation et a tout d'un paradoxe : moins il l'aime, plus il se sent prêt à la quitter, plus, culpabilisé, il feint la tendresse pour lui donner une ultime joie, et donc, plus elle y croit et plus les liens se resserrent. Car alors, Adolphe comprend que sa souffrance serait trop grande s'il partait et il ne peut se résoudre à la lui infliger.

Une illustration parmi d'autres de cette mécanique : s'étant résolu, sur les injonctions du baron de T***, à la quitter bientôt, il dit : « Il n'y avait plus en moi d'impatience : il y avait, au contraire, un désir secret de retarder le moment funeste. Ellénore s'aperçut de cette disposition plus affectueuse et plus sensible : elle-même devint moins amère. Je recherchais des entretiens que j'avais évités ; je jouissais de ses expressions d'amour, naguère importunes, précieuses maintenant, comme pouvant chaque fois être les dernières. »

Imposture ? L'imposteur (le vrai) étant celui qui se donne pour quelqu'un qu'il sait n'être pas, qui en impose, et l'*imposteur* souffrant d'être pris pour celui qu'il croit n'être pas, quelle figure correspond à Adolphe ? Adolphe est allé « dans la place » : dans le cœur d'Ellénore. De même qu'au début il s'était dit « je veux être aimé », quand Ellénore se meurt, il se sent seul sur la terre : « Toute la nature semblait me dire que j'allais à jamais cesser d'être aimé. » La place conquise par cet imposteur était la place de l'aimé. Pour l'obtenir, il fallait qu'il fût aimable (il l'était naturellement) et qu'il se fît aimant. Le début de la relation, marqué par la résistance de la femme, se joue dans la sincérité — autant qu'on puisse l'être, suggère Constant qui sait le cœur humain plein de chausse-trappes. Adolphe désire et souffre — au-delà de ce qu'il avait imaginé, dit-il, ce qui jette d'emblée, il est vrai, un doute sur l'authenticité de ce désir. À ce stade, il est difficile de parler d'imposture (ou d'*imposture*) quand le premier trompé est soi-même. Dès qu'il l'a conquise, Adolphe se lasse d'Ellénore (et elle-même exagère, on ne le dit pas assez, elle ne le laisse pas respirer, c'est-à-dire pas désirer[1]) et il

1. Par exemple, dès le chap. IV : « Je ne regrettais point auprès d'Ellénore ces plaisirs de la vie sociale, pour lesquels je n'avais jamais eu beaucoup d'intérêt, mais j'aurais voulu qu'elle me permît d'y renoncer plus librement. J'aurais éprouvé plus de douceur à retourner auprès d'elle, de ma propre volonté, sans me dire que l'heure était arrivée, qu'elle m'attendait avec anxiété, et sans que l'idée de sa peine vînt se mêler à celle du bonheur que j'allais goûter en la retrouvant. »

commence à feindre. Encore que le dire ainsi paraît trop simple : comment qualifier ce comportement, cette obstination à feindre un amour qui ne « rapporte » rien ? Imposteur, il l'est devenu en ce sens qu'il occupe une place qui est indue. Mais si, comme on le rappelle souvent, on entre dans l'imposture sitôt qu'on parle (parler comme autant de masques, de personnages que l'on joue, de rôles), Adolphe, lui, est aussi imposteur en actes : il *prouve* constamment son faux amour par des actes (« mais n'avez-vous pas par vous-même mille preuves que je ne puis vouloir ce qui nous sépare ? » — elle les a), c'est-à-dire qu'il s'inflige constamment toutes les conséquences de sa feinte. Où est donc le bénéfice d'une imposture si coûteuse ?

Ce qui contrarie la lecture (pourtant fréquente) d'Adolphe comme simple imposteur, c'est précisément la multitude d'inconvénients qui résultent de son imposture et son peu de bénéfices. Si l'imposteur veut aller dans la place, c'est que c'est là son désir et son plaisir. Pour Adolphe, la place consiste à être aimé, ce qui n'est pas sans charmes, mais on constate qu'il n'éprouve pas un plaisir franc à l'occuper. On est plutôt frappé par tout ce qu'il ne réussit pas à faire — se rendre libre, la quitter, la blesser, lui parler sincèrement — et par la somme des contraintes qu'il s'impose — renoncer à sa carrière, se fâcher avec son père, avec ses relations —, en somme, par son manque absolu de liberté intérieure.

Quant au sentiment d'imposture, que pourrait-il être ? Se sentir indigne de l'amour qu'on provoque, selon un mécanisme que les psychanalystes qualifient d'imposture hystérique ? Adolphe est lesté par l'amour d'Ellénore, jamais il ne s'en dit indigne. Peut-être faut-il plutôt chercher du côté de cette terreur de la faire souffrir dont il se plaint souvent et qui, si elle est chose difficile pour presque tout le monde, se révèle impossible pour Adolphe. Tu t'es déjà demandé s'il n'y avait pas un fils qui sommeille sous l'amant Adolphe (et ce serait là l'imposture et l'*imposture)*. Le texte t'y invite : Adolphe (qui n'évoque jamais sa mère alors que son père joue un grand rôle) commence sa narration par la description de la vieille femme, proscrite par la bonne société (comme Ellénore), qui lui tint lieu de mère spirituelle et qu'il eut le malheur de voir mourir. Femme, mère, mort. La vie de Constant, si tu te permets cet emprunt, expliquerait aussi cet imaginaire maternel funèbre : on sait que sa mère mourut en le mettant au monde. De là à mêler une culpabilité atroce à l'idée de faire souffrir une femme... Adolphe se comporte comme ces éternels garçons qui se refusent à abandonner leur mère et pour cela renoncent à leur propre vie. N'est-ce pas d'ailleurs encore la mère qu'il défend sauvagement chaque fois que quiconque essaie de blesser Ellénore — alors que lui-même lui fait souvent du mal ?

Imposteur, celui qui sous l'apparence de l'homme n'abrite qu'un petit garçon ? Sentiment d'imposture, celui qui étreint l'homme qui se sait n'éprouvant pas le sentiment adéquat ?

Les déçus

Quand ton voisin répétait : « Déçu, déçu, je suis tellement déçu », il avait son petit air de maître d'école mécontent de l'élève, « déçu, déçu, j'en attendais tellement plus », cet air que nous avons souvent dès qu'il s'agit de politique, c'est-à-dire de ce bateau que tous, chacun, mènerait tellement mieux si c'était lui le timonier (ce qu'à Dieu ne plaise, n'est-ce pas ?). Il le disait presque depuis mai 1981, depuis la courte mais puissante liesse de la Bastille — quand il a pensé que là, soudain, c'était comme un tournant de l'Histoire qui rachetait les souffrances du grand-père, les années de lutte du vieil oncle, la misère des miséreux, qu'enfin l'Histoire y voyait clair, qu'elle donnait le pouvoir aux justes. Et tout de suite après, dans les mois qui suivirent, la déception. Ça t'a fait réfléchir.

Tu étais étudiant, tu deviens professeur ; tu étais patient, tu deviens psychanalyste ; tu étais dans l'opposition, le candidat de ta famille politique est élu président. Si jusqu'à présent tu as interrogé le sentiment d'imposture quand il affecte l'identité individuelle, dans sa construction ou dans sa maturité, tu peux aussi élargir ton investigation et le suivre dans ses manifestations collectives. En politique, par exemple. Dans les démocraties, on élit ses représentants, ce qui signifie qu'on a une *identité* politique (celle qui préside à nos choix électoraux), et que ceux qui sont élus avec notre voix sont bien une projection de nous-même : ils sont là en tant que nos représentants, c'est-à-dire qu'ils sont des sortes d'instruments promus par nous à ces fonctions pour agir selon notre volonté. Il se trouve que la politique est un métier, demande un savoir et un savoir-faire, du temps, qu'elle peut difficilement, à l'échelle de nos grands pays, être directe, et qu'il faut donc que quelques-uns représentent la volonté générale pour agir selon elle.

Ce petit rappel très élémentaire pour confirmer qu'il est légitime de parler d'un problème d'identité (comme l'*imposture*) à propos de politique, en prenant toutefois en compte qu'il est rendu complexe par le fait qu'on parle à la fois des individus (les mains concrètes qui mettent le bulletin dans l'urne) et d'eux en tant que représentés par les hommes politiques qu'ils se sont choisis : donc plus tout à fait eux concrètement, mais eux à travers leurs représentants, ce qui ouvre aux électeurs la possibilité de comportements très retors, de prises de position contradictoires liées à l'ambivalence haine/amour, etc. L'*imposture* est alors attachée à une identité collective, elle se manifeste à travers la projection de soi sur quelques-uns dont tour à tour on dira : « c'est bien nous », ou : « ce n'est pas nous du tout ».

Ce sentiment d'imposture collectif, il t'a semblé le trouver dans les attitudes de la gauche française depuis 1981. Comme tu l'as souvent remarqué, pour éprouver un sentiment d'imposture, il faut avoir réussi. À partir de 1981, la gauche est arrivée au pouvoir, ce qui, depuis 1792 (la Ire République), ne lui était guère arrivé qu'une petite trentaine d'années au total, et très vite, dans les mois qui ont suivi, a commencé à fleurir, dans la presse et la rumeur, l'idée qu'on était « déçu ». Était-ce une sorte de tristesse *post partum*, lorsqu'on a si longtemps attendu le bel événement, et que tout à coup ça y est, on y est, il faut changer de régime intérieur, sortir de l'attente et de l'espoir ? Avec le temps, le motif de la déception s'est précisé : la gauche au pouvoir *n'était pas assez à gauche*.

Tu ne commenteras pas les faits (les vrais sujets de mécontentement, sans doute, les erreurs du gouvernement et l'état du monde), ni les fantasmes (on aurait voulu qu'on boute le capitalisme hors de France et qu'on commence enfin à raser gratis), ni les comportements enracinés (se montrer « hypercrite » pour n'avoir pas l'air hypocrite, se maintenir dans le confort moral que recèle toute attitude critique). Il faut sans doute évoquer, en revanche, une détestation du pouvoir qui est assez largement répandue. Au fil des ans, les faits montraient que la gauche pouvait diriger le pays, qu'elle n'offrait pas seulement une pensée généreuse mais aussi une alternative concrète. Les gens de gauche auraient pu s'en réjouir — à condition d'assumer l'idée qu'on pouvait, en étant de gauche, aller au pouvoir et s'y maintenir. Or, tu crois comprendre que le pouvoir, pour les gens de gauche, ce n'est pas le « pouvoir-faire », comme on pourrait le croire, mais une position suspecte, une sorte de tentation honteuse. Vieille culture de qui n'est jamais allé au pouvoir ou presque. Et peut-être aussi, vieux réflexe chrétien : celui qui a raison ne peut qu'être crucifié, pas diriger, le royaume du juste n'est pas de ce monde. Mais tu te demandes s'il n'y a pas aussi là-dessous l'effet d'un sentiment d'imposture. Les gens de gauche ont tellement pris l'habitude de n'avoir pas le pouvoir qu'ils ont fini par trouver cela normal, par penser que ce n'était pas pour eux. Ils ne sont pas ceux qu'ils devraient être pour occuper cette place. Et quand ils s'y trouvent, ils ne s'y sentent pas légitimes. Ils font tout pour s'en faire chasser, pour s'en chasser eux-mêmes. C'est-à-dire pour chasser leurs représentants. C'est bien ce qui advint, au terme de vingt ans de critique sévère : de mauvaise tête en jérémiade et de bouderie en tentation ultra, le peuple de gauche se vit contraint de voter massivement pour un président de droite afin de faire barrage à l'extrême droite. Comment en était-il arrivé là ? En dispersant les voix, au premier tour, sur la douzaine de candidats qui se proposaient comme des alternatives à la gauche décevante, non pas tant, d'ailleurs, parce qu'on les croyait sérieusement capables d'aller au pouvoir que parce qu'on voulait « sanctionner » la gauche en place. Stupéfiant résultat : la gauche s'était sortie elle-même du jeu...

Bien sûr, tu ne prétends pas faire le bilan objectif de la gauche et des personnalités de gauche des vingt dernières années. Mais tu ne peux t'empêcher de penser que cette impossibilité de s'aimer, de se trouver satisfaisant, cette détestation de soi-même quand soi-même arrivait au pouvoir (c'est-à-dire réussissait), cette façon d'être radicalement déçu (c'est-à-dire de trouver que la gauche n'était pas celle qu'elle aurait dû être) accompagnée du souhait, informulé mais passé en acte, de l'éjecter (de s'éjecter) du pouvoir... *imposture.* Ou autrement dit : la gauche ne collait jamais assez à l'idéal du moi de gauche, lequel idéal, bien sûr, était comme il se doit assez flou et pourrait être qualifié d'« angélique ». Il aurait fallu être des anges (des purs), c'est-à-dire être « plus à gauche » et, au fond, refuser le pouvoir.

*Mourir d'*imposture

Si tu reviens au niveau individuel, lequel en politique est enté sur le collectif, tu remarques que, pour certains hommes politiques, se retrouver du côté du pouvoir ne va pas sans provoquer un vif sentiment d'imposture. Tu te rappelles ce père d'ami, haut fonctionnaire et militant de toujours, qu'on venait de nommer à un secrétariat d'État. Dès les premiers jours dans sa nouvelle fonction, une voiture venait le chercher à son domicile le matin et lui, emprunté, raide, « Bonjour, Jacky, vous vous appelez Jacky, n'est-ce pas ? Oui, on m'a dit votre nom. Non non, il n'y a pas très longtemps que je suis descendu, je ne voulais pas vous faire attendre. Si vous permettez, je vais m'asseoir à côté de vous, ce sera plus agréable… » Le pauvre homme supportait mal d'avoir un chauffeur, car qui était-il, lui, pour avoir un chauffeur, en quoi l'avait-il mérité ? Bon, d'accord, il l'avait mérité, mais un homme à son service ? Vous n'y pensez pas ! Il avait fini par y renoncer.

Mais il y a une trajectoire, tragique trajectoire, qui te paraît particulièrement emblématique de cette génération de la gauche au pouvoir, et de son (éventuel) sentiment d'imposture : celle de Pierre Bérégovoy.

Son itinéraire fut exemplaire : fils d'ouvriers immigrés, il obtint son certificat d'études puis un CAP d'ajusteur technique ; ensuite, tout en travaillant, il suivit des cours du soir. Il œuvra dans la Résistance, puis s'investit dans le militantisme syndical et politique : tout cela le mena (pour aller vite) au poste de ministre des Affaires sociales, puis de ministre de l'Économie et des Finances, et enfin de Premier ministre. Son ascension illustrait parfaitement les vertus de ce que la gauche qualifie de « modèle républicain » et faisait de lui ce que d'autres appellent, avec un soupçon de mépris, un « méritant ». Avant tout autre propos : tu ne vois pas comment, avec cette trajectoire (tout acquis, rien d'hérité), il aurait pu échapper au sentiment d'imposture. Rumeur d'antichambre : on dit qu'un jour un proche a évoqué ses chaussettes, pas à la hauteur de ses costumes (comme le signe persistant de l'humilité des origines) et que cela l'a mortifié.

Où en était-il, quelques jours avant son suicide ? La gauche venait de subir un échec retentissant et entrait depuis mars dans la cohabitation. La droite imputait à l'ex-ministre l'ampleur des déficits, tandis que la gauche, sans tenir compte de ses efforts victorieux pour préserver les acquis sociaux et lutter contre l'inflation, ne lui pardonnait pas d'avoir été l'instigateur de la « rigueur ». Critiques paradoxales qui devaient lui donner l'impression d'être doublement désavoué, même si à l'étranger on louait ses résultats.

En 1993, dans un contexte d'« affaires », on découvrit soudain que Roger-Patrice Pelat, qui avait été inculpé dans l'affaire Pechiney et qui était l'ami de François Mitterrand (l'ami de Mitterrand : toute la presse de l'époque mentionnait ce fait, sans commentaires, façon de signifier : « Vous voyez ce que je veux dire points de suspension »), Pelat donc, lui avait prêté un million de francs, remboursables sans intérêts, pour acheter un appartement à ses enfants. On soupçonna qu'il s'agissait de la rétribution d'un passe-droit qu'en tant que ministre des Finances il aurait accordé à Pelat en 1986 dans une transaction internationale : las, Bérégovoy put produire un document qui montrait qu'en l'occurrence il avait plutôt pris des décisions défavorables à Pelat. Après investigation, le procureur de la République confirma que le prêt ne présentait « aucun caractère frauduleux susceptible d'être constitutif d'une infraction ».

Mais sans doute le mal était-il fait, la presse ayant relayé avec une ironie mauvaise les doutes accablant celui qui se donnait pour un champion de l'honnêteté : il aurait dû, « ayant fait de la lutte contre la corruption son cheval de bataille », s'interdire « certaines faveurs privées », put-on lire ci et là. « Rien de répréhensible *a priori* dans cette affaire ancienne, sinon que l'emprunteur se pose comme le “monsieur Propre” d'une majorité encerclée de tant de scandales » : il aurait fallu être un ange, ne pas acheter d'appartement à Paris puisque qu'on n'avait pas d'argent de famille et qu'on louait trop la probité. Possible (tu imagines) que Bérégovoy lui-même se soit senti en faute. Quelque chose comme une culpabilité liée à son ascension sociale. Possible qu'un rien suffisait à le faire se sentir socialement coupable. Que tout le monde ait reconnu qu'il n'y avait pas de faute dans cette affaire de prêt n'a pas suffi à le calmer, d'autant que le procès Pechiney devait commencer en juin et qu'il savait qu'on avait l'intention de l'y citer comme témoin. Chacun s'accorde à dire qu'il n'avait aucun motif d'inquiétude. Mais la violente mise en accusation de sa politique économique par ses successeurs ajoutée à la suspicion jetée sur sa vie privée ont dû l'accabler.

Il se suicide un 1er mai, jour de la fête du Travail, lui qui a été grand-croix dans l'ordre national du Mérite, lui qui vient de ce monde du travail. On se demande si l'excès de fatigue (il venait de si loin) l'a rendu trop sensible à l'injustice, ou si un sentiment d'imposture qui le conduisait à croire fondamentalement fragile sa posture l'a fait douter qu'on lui rendrait jamais justice. Ici encore ce n'est qu'une hypothèse : mais tu ne peux t'empêcher de penser que, avec cet itinéraire-là, il pouvait difficilement échapper à un sentiment d'imposture, et que celui-ci explique peut-être son suicide, suicide lié à un doute lorsque tant d'autres, parfaitement coupables, ne voient qu'un crime de lèse-majesté quand la justice les condamne.

Il n'a jamais été facile de s'opposer au système en place depuis la nuit de la démocratie : avant 1981, c'est-à-dire avant que la gauche soit perçue comme une alternative sérieuse, les pères reprochaient vite aux fils de mordre la main qui les nourrissait. La génération qui est venue au pouvoir en 1981 s'est peut-être sentie en porte-à-faux dans cette société qu'elle critiquait tout en en profitant.

Et puis la question de l'argent, autre source d'*imposture*. Les gens de gauche avaient quelque chose à prouver avec l'argent : que s'ils mettaient en question son pouvoir, sa valeur symbolique, ce n'était pas parce qu'ils ne savaient pas en gagner ou qu'ils n'en avaient pas. Ce n'était pas non plus par sottise idéaliste qu'ils contestaient la loi du marché. La preuve ? Bernard Tapie. Tu ne peux t'empêcher de penser qu'il incarne à lui seul toute la difficulté de la gauche avec l'argent. Il prouvait (ses entreprises apparemment florissantes) qu'elle pouvait en gagner, et même jouer avec les lois du marché, qu'elle n'avait rien de naïf (sa fortune), rien de complexé (sa morgue). On n'était pas que des « belles âmes », on pouvait aussi montrer patte d'or. À cause du sentiment d'imposture de celui qui se révolte contre un ordre qui semble aller de soi (comme le semblent la plupart des ordres d'ailleurs, auxquels leur âge donne presque toujours l'air « naturel »), la faute qui consiste à donner des gages à l'idéologie adverse est toujours possible.

Grave erreur d'ailleurs : car celui qui réclame plus de justice parmi les hommes est obligé d'être un ange, tenu qu'il est sous la surveillance passionnée de tous. Comme s'il y avait une telle violence dans le fait de demander aux hommes d'être meilleurs qu'ils vous le faisaient payer au premier faux pas. D'où la folie des « affaires » sous la gauche, alors qu'on peut penser qu'il n'y en avait sans doute pas plus que d'habitude — mais aux autres on pardonnait plus facilement.

En résumé tu dirais : les gens de gauche se sont sentis *imposteurs* dès qu'ils se sont trouvés (représentés) au pouvoir. Ça n'allait pas avec leur image d'eux-mêmes qui excluait la puissance réalisée. Aujourd'hui[1] que les voilà repassés dans l'opposition, ils semblent beaucoup plus à l'aise.

1. En 2004.

La peine de naître

Figaro, en 1784, lance à propos de son maître, le comte Almaviva, qu'il s'est donné « la peine de naître » et rien de plus. Autrement compliquée est sa propre vie qu'il ne peut améliorer qu'à force d'intelligence et d'activité. Même attitude chez le joueur de Dostoïevski, lorsqu'au lendemain d'une soirée d'aubaine il fanfaronne devant les aristocrates et les bourgeois : ceux-ci lui font aigrement remarquer qu'il a simplement eu de la chance. « Et vous donc… », susurre-t-il.

La réplique de Figaro est restée célèbre pour la bonne raison qu'elle fonde notre système politique : contre l'Ancien Régime, l'idée de la République s'est bâtie sur la remise en question des privilèges de la naissance auxquels on a opposé ceux du mérite personnel. Du coup, l'idéologie du mérite ayant pénétré les consciences, on a vu apparaître une nouvelle sorte de préoccupation, sans doute inédite jusqu'alors : celle de l'héritier, celui qui est si « bien né » (petite cuillère d'argent dans la bouche...) qu'il se sent imposteur dans le monde du mérite. Ce que j'ai, en quoi le mérité-je ? Tu connais deux types de réponse à cette question. Ton ami Henri, né dans une famille aristocratique dont la généalogie remonte aux croisades, s'est attaché à réussir une belle carrière universitaire, carrière qu'il ne doit qu'à ses efforts et à ses qualités intellectuelles. Il dit lui-même qu'il voulait mériter son bonheur. Ton autre ami Jacques vient de mourir d'alcoolisme à cinquante ans. Fils de grands bourgeois, il n'a jamais réussi à se supporter et, chez lui, les puissantes qualités intellectuelles n'ont jamais compensé cette origine qui lui paraissait honteuse, peut-être parce que tout était joué au jour de sa naissance, qu'on ne lui avait guère laissé la possibilité d'avoir *besoin de se battre*, et que, d'une certaine façon, ce hasard de la naissance avait coupé en lui la racine du désir. Tu connais plusieurs cas d'héritiers débiles, de générations entières qui se délitent, comme si les enfants n'avaient plus rien à désirer, ou comme si la réussite des parents était indépassable — en tout cas comme si cette réussite, parce qu'ils n'en avaient qu'hérité, avait fait d'eux des *imposteurs*.

La force du roman de Stendhal *Lucien Leuwen* tient à ce qu'il combine ce problème de l'héritier (problème intime) à celui du roturier (problème social dans une société encore marquée par l'Ancien Régime). Lucien est beau, riche, fils de parents intelligents et cultivés. Hésitation du désir en lui : il n'a envie de rien avec fermeté et vivote agréablement. Et si, se demande-t-il à plusieurs reprises, répétant Figaro, je ne m'étais donné la peine que de naître ? Ce qui lui paraît vraiment lamentable. Le voilà donc engagé dans l'armée, en garnison à Nancy. Ainsi aura-t-il l'occasion de faire la preuve de sa valeur et de mériter son bonheur. Mais en temps de paix, comment donner des preuves de vaillance militaire ? Le sous-lieutenant s'ennuie ferme à Nancy, parmi les militaires sans manières. Il estime les républicains mais ne peut les fréquenter car il a absolument besoin de ces « idées fines » qui lui font préférer la compagnie d'un Talleyrand et les « plaisirs donnés par une ancienne civilisation »... « Je ne sais ce que je désire », conclut-il, désespéré. Un unique défi qui pourrait être un frein à l'ennui : s'ouvrir les manoirs des « noblilions » de Nancy, comme les appelle son père. Ce qu'il réussit à faire sans trop de difficultés : jeunesse, beauté, richesse — autant de clés. Accueilli parmi la noblesse de province, ultra et résolument stupide, voici qu'il doit affronter une deuxième difficulté : celle de n'être pas noble, ce qui le disqualifie aux yeux des jeunes gens de l'aristocratie. Cet écart de la naissance l'oblige d'ailleurs à mettre en œuvre toutes les ressources de son intelligence (enfin un véritable combat) pour compenser sa situation sociale. Et l'ironie de Stendhal fait merveille pour décrire la situation particulière de ce premier demi-siècle pendant lequel l'idéologie nobiliaire était en concurrence avec l'idéologie républicaine. Situation exceptionnelle donc que celle de Lucien, en difficulté dans les deux systèmes, à la fois déjà héritier (ne s'étant donné la peine que de naître) mais pas aristocrate (n'étant pas « bien né »).

Il y a une chose dont tu es à présent persuadé, un fait qui trouve une formulation politique mais qui relève de la vie psychique inconsciente : nous avons beau vivre dans une société démocratique fondée sur l'idéologie du mérite, en réalité se niche au creux du subconscient une conception tout aristocratique de la valeur : il y a une distinction associée à la naissance. De même, tu le disais plus haut, il y a un prestige attaché au sportif doué qui termine second ou troisième sans trop d'effort, prestige que ne se reconnaît pas le champion méritant. La manifestation la plus superficielle de cette perception explique qu'il reste, dans ce pays à vieille tradition républicaine et d'origine révolutionnaire, un soupçon de respect irrationnel envers les aristocrates. Ce n'est pas, crois-tu, qu'on les créditerait encore d'une nature supérieure, mais plutôt que leur titre indique une très ancienne familiarité avec la puissance. Quand la plupart d'entre nous n'a guère d'informations sur ses origines au-delà de deux ou trois générations, l'aristocrate sait, grâce à son nom, sa constante appartenance aux privilégiés de ce monde (privilèges souvent devenus illusoires dans la réalité, mais le nom garde sa… noblesse).

Cette problématique recoupe une posture imaginaire présente dans ce que Freud a nommé le roman familial. Il désigne ainsi un fantasme enfantin inconscient, qui émerge parfois au cours de l'analyse et qui consiste à imaginer que si l'on est nécessairement le fils de sa mère *(mater certissima)*, en revanche *(pater incertus)* notre père véritable n'est pas celui qui vit chez nous mais un roi ou un puissant de ce monde. En conséquence de quoi, dans notre famille, nous ne sommes qu'adopté. Ce fantasme permet à la fois de désamorcer les conflits œdipiens (parce qu'il sépare le père et la mère) et d'espérer échapper à la modestie de notre position sociale.

Cela signifie que la question d'être « bien né » ne recouvre pas qu'une dimension sociale. Dans l'enfance, l'idée se mêle à divers rêves et fantasmes. Ensuite, dès lors que tu t'es cru fils de roi, n'est-il pas difficile de n'être que toi, fondamentalement commun ? Adulte, chacun est rendu à la modestie de sa condition réelle.

Ainsi, quelle que soit notre origine sociale, en chacun de nous l'ancien petit prince réclame au moi devenu adulte une identité grandiose — intenable. D'où, peut-être, le sentiment d'imposture si largement partagé.

Trouver une audience

Bruno Dössekker s'est un jour décidé à raconter ses souvenirs. Dans *Fragments, Une enfance (1939-1948)*, il raconte comment, petit enfant juif de Lettonie qui s'appelait alors Binjamin Wilkomirski, il assiste au massacre des Juifs à Riga en novembre 1941 (il a deux ou trois ans), y voit mourir son père, puis, au terme d'une fuite avec sa famille qui prend tragiquement fin, il est conduit au camp de Maïdanek. De ce séjour horrible, il a donné un récit fragmentaire qui a touché le monde entier. Violence, faim, parasites, ultime rencontre avec sa mère moribonde dans la baraque des femmes, culpabilité pour avoir mal conseillé un enfant qui y trouvera la mort, solidarité avec un plus grand qui lui apprend à survivre, transfert à Auschwitz, puis finalement, lorsque la guerre est finie, passage par un orphelinat polonais et départ vers la Suisse où il est adopté par une famille aisée, les Dössekker. Si, dans ce récit, il n'y avait à proprement parler pas de révélation sur les camps, c'était un des rares témoignages d'enfant, et les survivants comme les historiens confirmèrent les souvenirs assez précis que Wilkomirski évoquait. Le livre obtint des prix, l'auteur fut reçu en Israël et dans de très nombreuses communautés et institutions juives d'Europe et d'Amérique et, ayant constitué un vaste fonds de documentation sur le génocide, il œuvra pour aider les enfants sans identité. Car son problème et sa douleur, tel qu'il les décrivit dans des interviews, c'était bien de réintégrer enfin sa véritable identité : il n'était Dössekker que par adoption, mais Wilkomirski de naissance.

Il se trouve que ses papiers officiels disaient que, avant d'être adopté, il se serait appelé Bruno Grosjean, né le 12 février 1941 (auquel cas il ne pouvait pas avoir vécu la tragédie des camps), en Suisse (neutre pendant la guerre), d'une mère célibataire. « Mais cette date ne correspond ni à l'histoire de ma vie ni à mes souvenirs. J'ai intenté un recours en justice contre cette identité arbitraire. »

Wilkomirski apparut toujours comme un homme profondément blessé, pleurant souvent, en proie à des cauchemars et des phobies, intimement bouleversé par ses souvenirs. Une chose était certaine et manifeste : sa terrible souffrance. Mais, de révélation en analyse et d'analyse en recoupement, un jour son livre fut retiré de la vente à peu près dans tous les pays. Car il semble bien que la véritable histoire de Grosjean-Wilkomirski n'ait rien à voir avec les camps. La vérité *factuelle* serait que, enfant illégitime d'une mère célibataire, pauvre et elle-même illégitime, il fut séparé d'elle et pris en charge par les autorités municipales jusqu'à son adoption vers six ou sept ans. On sait que ce statut d'enfant illégitime en Suisse fut atroce jusque dans les années 1950 : les enfants étaient placés dans des fermes où ils travaillaient en échange du gîte et du couvert, dans une maltraitance qui fut sans doute souvent épouvantable pour bien d'entre eux. Même s'il n'a pas connu le placement, la prime enfance de Grosjean se déroula sur cet arrière-fond.

La journaliste qui a enquêté sur son cas[1] conclut par un doute : elle ne saurait dire s'il a menti au monde ou à lui-même. Tu ne te permettras pas d'en décider. Mais ce qui paraît frappant dans ce cas d'imposture, c'est qu'il semble relever aussi de l'*imposture.* Tu te racontes l'histoire ainsi : Grosjean était un homme souffrant et souffrant de son enfance. Perte, séparation, abandon ont marqué ses premiers jours. Comment dire, à l'âge adulte, l'horreur de son enfance brisée ? Quelle « forme » donner à un problème d'identité (homme sans nom, sans parents, sans origine) qui l'empêcha sans doute de trouver sa place véritable ? Pour dire l'infini de sa douleur, il emprunta l'identité, c'est-à-dire construisit l'histoire probable, d'un enfant des camps. Il étendit sa souffrance individuelle à celle de tout un peuple, celle d'un peuple des plus

1. Elena LAPPIN, *L'homme qui avait deux têtes.*

malheureux. Ce n'était pas la vérité factuelle, c'était sa vérité affective. Ainsi donna-t-il à sa souffrance d'enfant abandonné l'audience et la pitié de l'Occident tout entier.

Tu t'aperçois que tu ne peux t'empêcher de ressentir de la colère contre lui, contre son imposture. C'est plus fort que toi. Sans doute parce qu'il te paraît scandaleux d'utiliser l'histoire d'un génocide à des fins personnelles. Mais pourtant, tu ne mets pas en doute l'énormité de la douleur qui a généré une si folle entreprise, si fatigante (il lui a fallu apprendre tant de choses pour se rendre crédible, il a dû devenir un extraordinaire spécialiste, et dans les détails). L'*imposture*, pour Bruno-Binjamin, devait résulter du décalage entre sa souffrance bien réelle et la médiocrité de son histoire. Tu crois que la « forme » qu'il a trouvée correspondait mieux aux affects qui le hantaient. Son moi (souffrant) ne se sentait pas adapté à la case (enfant abandonné) que la réalité lui avait allouée : *imposture*. Il s'est donc révolté contre sa case et en a inventé une autre : imposture. Tu le crois plus fou que menteur.

Se remettre au monde

Où la problématique de l'*imposture* vient tragiquement se jouer entre la vie et la mort : l'extermination. Six millions de Juifs européens furent emportés et décimés dans les camps. Quelques-uns survécurent. Ces derniers, on le sait, ont eu à connaître une souffrance très particulière : la culpabilité du survivant. Pourquoi pas moi ? Pourquoi ma sœur, ma fille, mon voisin sont-ils morts tandis que je suis en vie ?

Un exemple, une histoire comme il dut y en avoir de nombreuses, lue dans un témoignage d'enfant de rescapé, illustre la complexité de ce sentiment douloureux. Un homme avait survécu aux camps et se trouvait dans un de ces « wagons de la mort » dans lesquels les nazis, abandonnant les camps devant l'avancée des alliés, emportaient les rares survivants. À un arrêt, un SS vient demander s'il n'y a pas un cordonnier dans le wagon car ses bottes sont décousues. Un homme se déclare mais exige quelque chose à manger en échange de la réparation. Il recoud les bottes et le SS lui donne deux minuscules boulettes de pain. L'homme exige alors de pouvoir les manger à l'extérieur du wagon, sachant qu'à l'intérieur il sera assailli par ses compagnons mourant de faim. Le SS l'oblige à monter quand même mais menace de sa mitraillette les autres détenus. L'homme avale son pain en quelques secondes, sous les supplications de ses compagnons.

Il est probable que cet homme a survécu du fait de sa résistance physique d'abord, de sa résistance psychologique aussi, celle qui lui a par exemple permis de poser des exigences au SS, et, pour ce dernier épisode de son calvaire, grâce à ce petit bout de pain qui l'a soutenu. Mais comment se réjouir, ensuite, de sa force ? Devait-il être fier de n'avoir pas partagé son pain ? Certes, le faire n'aurait rien changé pour personne, la portion était trop petite, il était plus rationnel de l'avaler. Mais quand même ? Comment ne pas avoir honte ensuite ?

Dans *Survivre*, Bruno Bettelheim a détaillé la teneur de cette culpabilité spécifique que tu peux aussi analyser comme une variation sur le sentiment d'imposture : cette fois, ce serait l'*imposture* de la vie. Lorsque nous naissons, notre existence est en quelque sorte fortuite et naturelle (cette formule agressive bien connue des adolescents contre leurs parents : « Je ne t'avais rien demandé, je n'avais pas demandé à naître »). Survivre, pour le rescapé, c'est renaître, c'est avoir frôlé au plus près la mort et renaître. Cette deuxième naissance est cette fois une grâce : la méritait-il ? Question à laquelle personne ne peut être assez présomptueux pour répondre par l'affirmative. La question habituelle du sens de la vie que chacun tient relativement facilement à distance devient centrale et sans réponse. Être en vie devient l'effet d'un dessein impénétrable et un coup de chance immérité.

Bettelheim voit aussi deux autres motifs au sentiment de culpabilité du survivant : premièrement, si tu es vivant c'est qu'un autre est mort à ta place — celui avec qui (tu le crois aujourd'hui) tu aurais pu partager ta maigre ration, ou que tu aurais pu aider, celui qu'on a envoyé aux fours ou fusillé, sans qu'aucune logique ait présidé à la décision (on sait que c'est souvent ainsi, arbitrairement, que les nazis décidaient de la vie et la mort des internés), etc. Deuxièmement : au fond, si tu veux être honnête, ne te réjouis-tu pas que d'autres soient morts et non toi ? Ne te réjouis-tu donc pas de la mort des autres ?

Tu crois que tu pourrais reformuler cette souffrance en disant que le survivant souffre d'un sentiment d'imposture installé au fondement le plus intime de l'individu : l'évidence d'être vivant, d'exister. Être en vie devient problématique au sens où cette « posture », parce qu'elle a été remise en question par les exterminateurs, puis parce qu'elle a été désirée, voulue par le rescapé (pour lui, le banal désir de vivre équivaut soudain à l'envie faramineuse d'entrer au château), suscite une question profonde d'identité : pourquoi moi ? en quoi l'ai-je mérité ? On connaît la réaction de nombreux rescapés (Bettelheim, Primo Levi...) : le suicide.

Vivre dans le désir

Nous, nous continuons. Comme nous n'avons pas eu à renaître, nous tenons à distance, le plus souvent, la question troublante de notre existence. Plus que cela : il arrive même que, devant la beauté d'un soleil couchant, d'une haie d'aubépine, ou dans l'émerveillement de l'amour, nous ayons le sentiment très vif de notre parfaite adéquation avec l'univers. Mais d'autres fois, lorsque nous pourchassons nos rêves (s'ils sont assez grands pour que nous ne les perdions pas de vue), lorsque nous les réalisons, notre cœur se serre à l'idée que nous ne sommes évidemment pas celui que nous devrions être pour nous installer au château. Et nous ressentons que le sentiment d'imposture vient de l'étonnement primitif d'être au monde, de l'étrangeté d'exister. Que fais-je ici ? Y a-t-il une place pour moi ? Ai-je quoi que ce soit à faire de ce monde (dans ce monde) et de mes semblables (avec eux) ? Suis-je semblable à mes semblables, d'ailleurs ? Pas sûr que quiconque puisse répondre positivement, que quelqu'un puisse croire qu'il est où et ce qu'il doit être. Et de même que je vois toujours la société comme frappée d'un « bougé » qui fait que je n'en admets aucune configuration sans la penser à deux fois, je ne peux me considérer que comme l'élément d'un ensemble infiniment plus vaste dans lequel je ne fais que passer et où ma nécessité n'est pas certaine.

Et pourtant, nous y allons. Ardemment, en tremblant, joyeusement, en craignant, mais nous avançons. *Imposteur*, mon frère, il y a bien des choses positives dans notre tourment. Oh, il ne s'agit pas de dire, par un retournement trop commode, que l'*imposture* serait un sentiment favorable, enrichissant, etc. Non. Douloureux, pénible. Mais comme l'*imposteur* est intéressant ! Fière constitution que la sienne. Être de désir, qui se déplace, qui prend des risques, qui convoite, qui change. Bien sûr, il vaut sans doute mieux ne pas se sentir *imposteur*. Mais quand même. Difficile de ne pas apprécier l'inquiétude, celle qui oblige au déplacement, qui incite à critiquer l'échiquier, à interroger les places, qui conduit à se rendre meilleur qu'on n'est. Un jour, bien sûr, il faut en sortir. Et on en sort grandi. Mais toujours dans le désir.

APPENDICES

BIBLIOGRAPHIE

(Œuvres citées)

AJAR Émile, *La Vie devant soi*, Mercure de France, 1975, Gallimard, « Folio », 1982

BEAUMARCHAIS P.-A. Caron de, *Le Mariage de Figaro* (1784), Gallimard, 1999

BETTELHEIM Bruno, *Survivre*, Laffont, 1979

BRANCATI Vitaliano, *Le Bel Antonio* (1949), Laffont, 1950

CARRÈRE Emmanuel, *L'Adversaire*, P.O.L, 2000

CARRIÈRE Jean, *L'Épervier de Maheux*, Pauvert, 1972, Laffont, 2002

—, *Le Prix d'un Goncourt*, Laffont et Pauvert, 1987

CONRAD Joseph, *Lord Jim* (1900), Gallimard, 1921, Autrement, 1996

CONSTANT Benjamin, *Adolphe* (1816), Pocket, 2002

—, *Journaux intimes*, Gallimard, 1965

DOSTOÏEVSKI, *Le Joueur* (1866), Gallimard, 1934, « Folio », 2002

DU MAURIER Daphné, *Rebecca* (1938), Albin Michel, 1939, 1993, LGF, « Le livre de poche », 2003

EHRENBERG Alain, *La Fatigue d'être soi, dépression et société*, Odile Jacob, 1998

ERNAUX Annie, *La Place*, Gallimard, 1983, « Folio », 1986

FAULKNER William, *Lumière d'août* (1932), Gallimard, 1935, « Folio », 1974

FREUD Sigmund, *Essais de psychanalyse*, Payot, 1927, « Petite bibliothèque Payot », 2001

—, *La Vie sexuelle* (1907-1931), PUF, 1969, « Bibliothèque de psychanalyse », 2002

—, *Le Délire et les Rêves dans la* Gradiva *de W. Jensen* (1907), Gallimard, 1949, « Folio essais », 1991

GARY Romain, *Au-delà de cette limite votre ticket n'est plus valable*, Gallimard, 1975, « Folio », 1978

—, *Pseudo*, Mercure de France, 1975, Gallimard, « Folio », 2004

—, *Vie et mort d'Émile Ajar*, Gallimard, 1981, posthume

GAULEJAC Vincent de, *Les Sources de la honte*, Desclée de Brouwer, 1996

HEINICH Nathalie, *L'Épreuve de la grandeur*, La Découverte, 1999

—, *États de femme*, Gallimard, 1997

KAFKA Franz, *La Colonie pénitentiaire et autres récits*, Gallimard, 1948, « Folio », 1972

—, *Le Château*, Gallimard, 1938, LGF, « Le livre de poche », 2001

—, *Le Procès*, Gallimard, 1933, Pocket, 2004

LAPPIN Elena, *L'homme qui avait deux têtes*, L'Olivier, 2000

LOBO ANTUNES Antonio, *La Splendeur du Portugal*, Bourgois, 1997, Seuil, « Points », 2000

MORAVIA Alberto, *Le Conformiste* (1951), Flammarion, 1952, 2003

NIETZSCHE Friedrich, *Généalogie de la morale* (1887), Mercure de France, 1900, Flammarion, 1996

ROTH Philip, *La Tache*, Gallimard, 2002, « Folio », 2004

SCIASCIA Leonardo, *La Sicile comme métaphore*, Stock, 1979

STENDHAL, *Lucien Leuwen* (1836), Gallimard, « Folio », 2002

WILKOMIRSKI Binjamin, *Fragments. Une enfance (1939-1948)*, Calmann-Lévy, 1996

FILMOGRAPHIE

(Œuvres citées)

ALLEN Woody, *Zelig*, 1983
ALMODÓVAR Pedro, *Parle avec elle*, 2001
BERTOLUCCI Bernardo, *Le Conformiste*, 1971
BOLOGNINI Mauro, *Le Bel Antonio*, 1960
COCTEAU Jean, *La Belle et la Bête*, 1946
HITCHCOCK Alfred, *Rebecca*, 1940
SPIELBERG Steven, *Attrape-moi si tu peux*, 2002
WACHOWSKI Andy et Larry, *Matrix*, 1999

TABLE DE L'ESSAI[1]

1. Essai : « (XVIe). Ouvrage littéraire en prose, de facture très libre, traitant d'un sujet qu'il n'épuise pas. » (*Petit Robert*)

APPENDICES

DU MÊME AUTEUR

Essais

L'ÉCRITURE DU DÉSIR, Calmann-Lévy, 2000 (Prix de l'essai de l'Académie française 2001) (« Folio Essais » 2012)

LA BÊTISE S'AMÉLIORE, Stock, 2007

LA TENTATION DE PÉNÉLOPE, Stock, 2010

LE BAISER PEUT-ÊTRE, Alma, 2011

Journal extime

LA CHAIR DU TEMPS, Stock, 2012

Romans

DERNIÈRES PROMENADES À PETRÓPOLIS, Le Seuil, 1990

L'ÎLE AU NADIR, Quai Voltaire, 1992

TROIS NUITS D'UN PERSONNAGE, Stock, 1994

LENT DELTA, Verticales, 1998

L'HOMME QUI JEÛNE, L'Olivier, 2006

ENTRE LES BRUITS, L'Olivier, 2009

Esthétique et critique littéraire

PHILOSOPHIES DE LA MUSIQUE, 1752-1789, Klincksieck, 1990

LA RÉCEPTION DES OPÉRAS DE MOZART, 1793-1829, Klincksieck, 1991

MUSIQUE ET LITTÉRATURE AU XVIIIe SIÈCLE, PUF, « Que sais-je ? », 1998

NARRATIONS DE LA VIE INTÉRIEURE, PUF, « Perspectives littéraires », 2001

L'ŒUVRE DE ZOLA, Gallimard, « Foliothèque », 2002

DANS LA COLLECTION FOLIO / ESSAIS

429 Joyce McDougall : *Théâtre du corps.*
430 Stephen Hawking et Roger Penrose : *La nature de l'espace et du temps.*
431 Georges Roque : *Qu'est-ce que l'art abstrait ?*
432 Julia Kristeva : *Le génie féminin, I. Hannah Arendt.*
433 Julia Kristeva : *Le génie féminin, II. Melanie Klein.*
434 Jacques Rancière : *Aux bords du politique.*
435 Herbert A. Simon : *Les sciences de l'artificiel.*
436 Vincent Descombes : *L'inconscient malgré lui.*
437 Jean-Yves et Marc Tadié : *Le sens de la mémoire.*
438 D. W Winnicott : *Conversations ordinaires.*
439 Patrick Pharo : *Morale et sociologie (Le sens et les valeurs entre nature et culture).*
440 Joyce McDougall : *Théâtres du je.*
441 André Gorz : *Métamorphoses du travail.*
442 Julia Kristeva : *Le génie féminin, III. Colette.*
443 Michel Foucault : *Philosophie (Anthologie).*
444 Annie Lebrun : *Du trop de réalité.*
445 Christian Morel : *Les décisions absurdes.*
446 C. B. Macpherson : *La theorie politique de l'individualisme possessif.*
447 Frédéric Nef : *Qu'est-ce que la métaphysique ?*
448 Aristote : *De l'âme.*
449 Jean-Pierre Luminet : *L'Univers chiffonné.*
450 André Rouillé : *La photographie.*
451 Brian Greene : *L'Univers élégant.*
452 Marc Jimenez : *La querelle de l'art contemporain.*
453 Charles Melman : *L'Homme sans gravité.*
454 Nûruddîn Abdurrahmân Isfarâyinî : *Le Révélateur des Mystères.*
455 Harold Searles : *Le contre-transfert.*
456 Le Talmud : *Traité Moed Katan.*
457 Annie Lebrun : *De l'éperdu.*
458 Pierre Fédida : *L'absence.*

459 Paul Ricœur : *Parcours de la reconnaissance.*
460 Pierre Bouvier : *Le lien social.*
461 Régis Debray : *Le feu sacré.*
462 Joëlle Proust : *La nature de la volonté.*
463 André Gorz : *Le traître* suivi de *Le vieillissement.*
464 Henry de Montherlant : *Service inutile.*
465 Marcel Gauchet : *La condition historique.*
466 Marcel Gauchet : *Le désenchantement du monde.*
467 Christian Biet et Christophe Triau : *Qu'est-ce que le théâtre ?*
468 Trinh Xuan Thuan : *Origines (La nostalgie des commencements).*
469 Daniel Arasse : *Histoires de peintures.*
470 Jacqueline Delange : *Arts et peuple de l'Afrique noire (Introduction à une analyse des créations plastiques).*
471 Nicole Lapierre : *Changer de nom.*
472 Gilles Lipovetsky : *La troisième femme (Permanence et révolution du féminin).*
473 Michael Walzer : *Guerres justes et injustes (Argumentation morale avec exemples historiques).*
474 Henri Meschonnic : *La rime et la vie.*
475 Denys Riout : *La peinture monochrome (Histoire et archéologie d'un genre).*
476 Peter Galison : *L'Empire du temps (Les horloges d'Einstein et les cartes de Poincaré).*
477 George Steiner : *Maîtres et disciples.*
479 Henri Godard : *Le roman modes d'emploi.*
480 Theodor W. Adorno/Walter Benjamin : *Correspondance 1928-1940.*
481 Stéphane Mosès : *L'Ange de l'Histoire (Rosenzweig, Benjamin, Scholem).*
482 Nicole Lapierre : *Pensons ailleurs.*
483 Nelson Goodman : *Manières de faire des mondes.*
484 Michel Lallement : *Le travail (Une sociologie contemporaine).*
485 Ruwen Ogien : *L'Éthique aujourd'hui (Maximalistes et minimalistes).*
486 Collectif : *La pensée en Chine aujourd'hui.* Édité sous la direction d'Anne Cheng, avec la collaboration de Jean-Philippe de Tonnac.

487 Merritt Ruhlen : *L'origine des langues (Sur les traces de la langue mère).*
488 Luc Boltanski : *La souffrance à distance (Morale humanitaire, médias et politique)* suivi de *La présence des absents.*
489 Jean-Marie Donegani et Marc Sadoun : *Qu'est-ce que la politique ?*
490 G. W. F. Hegel : *Leçons sur l'histoire de la philosophie.*
491 Collectif : *Le royaume intermédiaire* (*Psychanalyse, littérature, autour de J.-B. Pontalis*).
492 Brian Greene : *La magie du Cosmos* (*L'espace, le temps, la réalité : tout est à repenser*).
493 Jared Diamond : *De l'inégalité parmi les sociétés* (*Essai sur l'homme et l'environnement dans l'histoire*).
494 Hans Belting : *L'histoire de l'art est-elle finie ?* (*Histoire et archéologie d'un genre*).
495 Collectif : *La littérature française : dynamique et histoire I.* Édité sous la direction de J.-Y. Tadié.
496 Collectif : *La littérature française : dynamique et histoire II.* Édité sous la direction de J.-Y. Tadié.
497 Catherine Darbo-Peschanski : *L'*Historia (*Commencements grecs*).
498 Laurent Barry : *La parenté.*
499 Louis Van Delft : *Les moralistes. Une apologie.*
500 Karl Marx : *Le Capital* (*Livre I*).
501 Karl Marx : *Le Capital* (*Livres II et III*).
502 Pierre Hadot : *Le voile d'Isis* (*Essai sur l'histoire de l'idée de Nature*).
503 Isabelle Queval : *Le corps aujourd'hui.*
504 Rémi Brague : *La loi de Dieu* (*Histoire philosophique d'une alliance*).
505 George Steiner : *Grammaires de la création.*
506 Alain Finkielkraut : *Nous autres, modernes (Quatre leçons).*
507 Trinh Xuan Thuan : *Les voies de la lumière (Physique et métaphysique du clair-obscur).*
508 Marc Augé : *Génie du paganisme.*

509 François Recanati : *Philosophie du langage (et de l'esprit).*
510 Leonard Susskind : *Le paysage cosmique (Notre univers en cacherait-il des millions d'autres ?)*
511 Nelson Goodman : *L'art en théorie et en action.*
512 Gilles Lipovetsky : *Le bonheur paradoxal (Essai sur la société d'hyperconsommation).*
513 Jared Diamond : *Effondrement (Comment les sociétés décident de leur disparition et de leur survie).*
514 Dominique Janicaud : *La phénoménologie dans tous ses états (Le tournant théologique de la phénoménologie française* suivi de *La phénoménologie éclatée).*
515 Belinda Cannone : *Le sentiment d'imposture.*
516 Claude-Henri Chouard : *L'oreille musicienne (Les chemins de la musique de l'oreille au cerveau).*
517 Stanley Cavell : *Qu'est-ce que la philosophie américaine ? (De Wittgenstein à Emerson, une nouvelle Amérique encore inapprochable* suivi de *Conditions nobles et ignobles* suivi de *Status d'Emerson).*
518 Frédéric Worms : *La philosophie en France au XXe siècle (Moments).*
519 Lucien X. Polastron : *Livres en feu (Histoire de la destruction sans fin des bibliothèques).*
520 Galien : *Méthode de traitement.*
521 Arthur Schopenhauer : *Les deux problèmes fondamentaux de l'éthique (La liberté de la volonté — Le fondement de la morale).*
522 Arthur Schopenhauer : *Le monde comme volonté et représentation I.*
523 Arthur Schopenhauer : *Le monde comme volonté et représentation II.*
524 Catherine Audard : *Qu'est-ce que le libéralisme ? (Éthique, politique, société).*
525 Frédéric Nef : *Traité d'ontologie pour les non-philosophes (et les philosophes).*
526 Sigmund Freud : *Sur la psychanalyse (Cinq conférences).*
527 Sigmund Freud : *Totem et tabou (Quelques concordances entre la vie psychique des sauvages et celle des névrosés).*

528 Sigmund Freud : *Conférences d'introduction à la psychanalyse.*

529 Sigmund Freud : *Sur l'histoire du mouvement psychanalytique.*

530 Sigmund Freud : *La psychopathologie de la vie quotidienne (Sur l'oubli, le lapsus, le geste manqué, la superstition et l'erreur).*

531 Jared Diamond : *Pourquoi l'amour est un plaisir (L'évolution de la sexualité humaine).*

532 Marcelin Pleynet : *Cézanne.*

533 John Dewey : *Le public et ses problèmes.*

534 John Dewey : *L'art comme expérience.*

535 Jean-Pierre Cometti : *Qu'est-ce que le pragmatisme ?*

536 Alexandra Laignel-Lavastine : *Esprits d'Europe (Autour de Czeslaw Milosz, Jan Patočka, István Bibó. Essai sur les intellectuels d'Europe centrale au XXe siècle).*

537 Jean-Jacques Rousseau : *Profession de foi du vicaire savoyard.*

538 Régis Debray : *Le moment fraternité.*

539 Claude Romano : *Au cœur de la raison, la phénoménologie.*

540 Marc Dachy : *Dada & les dadaïsmes (Rapport sur l'anéantissement de l'ancienne beauté).*

541 Jean-Pierre Luminet : *Le Destin de l'Univers (Trous noirs et énergie sombre) I.*

542 Jean-Pierre Luminet : *Le Destin de l'Univers (Trous noirs et énergie sombre) II.*

543 Collectif : *Qui sont les animaux ?* Édité sous la direction de Jean Birnbaum.

544 Yves Michaud : *Qu'est-ce que le mérite ?*

545 Luc Boltanski : *L'Amour et la Justice comme compétences (Trois essais de sociologie de l'action).*

546 Jared Diamond : *Le troisième chimpanzé (Essai sur l'évolution et l'avenir de l'animal humain).*

547 Christian Jambet : *Qu'est-ce que la philosophie islamique ?*

548 Lie-tseu : *Le Vrai Classique du vide parfait.*

549 Hans-Johann Glock : *Qu'est-ce que la philosophie analytique ?*

550 Hélène Maurel-Indart : *Du plagiat.*

551 Collectif : *Textes sacrés d'Afrique noire.*
552 Mahmoud Hussein : *Penser le Coran.*
553 Hervé Clerc : *Les choses comme elles sont (Une initiation au bouddhisme ordinaire).*
554 Étienne Bimbenet : *L'animal que je ne suis plus.*
555 Sous la direction de Jean Birnbaum : *Pourquoi rire ?*
556 Tchouang-tseu : *Œuvre complète.*
557 Jean Clottes : *Pourquoi l'art préhistorique ?*
558 Luc Lang : *Délit de fiction (La littérature, pourquoi ?).*
559 Daniel C. Dennett : *De beaux rêves (Obstacles philosophiques à une science de la conscience).*
560 Stephen Jay Gould : *L'équilibre ponctué.*
561 Christian Laval : *L'ambition sociologique (Saint-Simon, Comte, Tocqueville, Marx, Durkheim, Weber).*
562 Dany-Robert Dufour : *Le Divin Marché (La révolution culturelle libérale).*
563 Dany-Robert Dufour : *La Cité perverse (Libéralisme et pornographie).*
564 Sander Bais : *Une relativité bien particulière...* précédé de *Les équations fondamentales de la physique (Histoire et signification).*
565 Helen Epstein : *Le traumatisme en héritage (Conversations avec des fils et filles de survivants de la Shoah).*
566 Belinda Cannone : *L'écriture du désir.*
567 Denis Lacorne : *De la religion en Amérique (Essai d'histoire politique).*
568 Collectif : *Où est passé le temps ?* Édité sous la direction de Jean Birnbaum.
569 Simon Leys : *Protée et autres essais.*
570 Robert Darnton : *Apologie du livre (Demain, aujourd'hui, hier).*
571 Kora Andrieu : *La justice transitionnelle (De l'Afrique du Sud au Rwanda).*
572 Leonard Susskind : *Trous noirs (La guerre des savants).*
573 Mona Ozouf : *La cause des livres.*
574 Antoine Arjakovsky : *Qu'est-ce que l'orthodoxie ?*
575 Martin Bojowald : *L'univers en rebond (Avant le big-bang).*
576 Axel Honneth : *La lutte pour la reconnaissance.*

577 Marcel Gauchet : *La révolution moderne (L'avènement de la démocratie I).*
578 Ruwen Ogien : *L'État nous rend-il meilleurs ? (Essai sur la liberté politique).*
579 Gilles Cohen-Tannoudji et Michel Spiro : *Le boson et le chapeau mexicain (Un nouveau grand récit de l'univers).*
580 Thomas Laqueur : *La Fabrique du sexe (Essai sur le corps et le genre en Occident).*
581 Hannah Arendt : *De la révolution.*
582 Albert Camus : *À « Combat » (Éditoriaux et articles 1944-1947).*
583 Collectif : *Amour toujours ?* Édité sous la direction de Jean Birnbaum.
584 Jacques André : *L'Imprévu (En séance).*
585 John Dewey : *Reconstruction en philosophie.*
586 Michael Hardt et Antonio Negri : *Commonwealth.*
587 Christian Morel : *Les décisions absurdes II (Comment les éviter).*
588 André Malraux : *L'Homme précaire et la Littérature.*
589 François Noudelmann : *Le toucher des philosophes (Sartre, Nietzsche et Barthes au piano).*
590 Marcel Gauchet : *La crise du libéralisme. 1880-1914 (L'avènement de la démocratie II).*
591 Dorian Astor : *Nietzsche (La détresse du présent).*
592 Erwin Panofsky : *L'œuvre d'art et ses significations (Essais sur les « arts visuels »).*
593 Annie Lebrun : *Soudain un bloc d'abîme, Sade.*
594 Trinh Xuan Thuan : *Désir d'infini (Des chiffres, des univers et des hommes).*
595 Collectif : *Repousser les frontières ?* Édité sous la direction de Jean Birnbaum.
596 Vincent Descombes : *Le parler de soi.*
597 Thomas Pavel : *La pensée du roman.*
598 Claude Calame : *Qu'est-ce-que c'est que la mythologie grecque ?*
599 Jared Diamond : *Le monde jusqu'à hier.*
600 Lucrèce : *La nature des choses.*
601 Gilles Lipovetsky, Elyette Roux : *Le luxe éternel.*
602 François Jullien : *Philosophie du vivre.*

603 Martin Buber : *Gog et Magog.*
604 Michel Ciment : *Les conquérants d'un nouveau monde.*
605 Jean Clair : *Considérations sur l'État des Beaux-Arts.*
606 Robert Michels : *Sociologie du parti dans la démocratie moderne.*
607 Philippe Descola : *Par-delà nature et culture.*
608 Marcus du Sautoy : *Le mystère des nombres (Odyssée mathématique à travers notre quotidien).*
609 Jacques Commaille : *À quoi nous sert le droit ?*
610 Giovanni Lista : *Qu'est-ce que le futurisme ? suivi de Dictionnaire des futuristes.*
611 Collectif : *Qui tient promesse ?*
612 Dany-Robert Dufour : *L'individu qui vient (... après le libéralisme).*
613 Jean-Pierre Cometti : *La démocratie radicale (Lire John Dewey).*
614 Collectif : *Des psychanalystes en séance (Glossaire clinique de psychanalyse contemporaine).*
615 Pierre Boulez (avec Michel Archimbaud) : *Entretiens.*
616 Stefan Zweig : *Le Monde d'hier.*
617 Luc Foisneau : *Hobbes (La vie inquiète).*
618 Antoine Compagnon : *Les Antimodernes (De Joseph de Maistre à Roland Barthes).*
619 Gilles Lipovetsky, Jean Serroy : *L'esthétisation du monde (Vivre à l'âge du capitalisme artiste).*
620 Collectif : *Les origines du vivant (Une équation à plusieurs inconnues).* Par l'Académie des sciences.
621 Collectif : *Où est le pouvoir ?* Édité sous la direction de Jean Birnbaum.
622 Jean-Pierre Martin : *La honte (Réflexions sur la littérature).*
623 Marcel Gauchet : *L'avènement de la démocratie III (À l'épreuve des totalitarismes (1914-1974).*
624 Moustapha Safouan : *La psychanalyse (Science, thérapie et cause).*
625 Alain Roger : *Court traité du paysage.*
626 Olivier Bomsel : *La nouvelle économie politique (Une idéologie du XXIe siècle).*
627 Michael Fried : *La place du spectateur (Esthétique et origines de la peinture moderne).*

628 François Jullien : *L'invention de l'idéal et le destin de l'Europe.*
629 Danilo Martuccelli : *La condition sociale moderne (L'avenir d'une inquiétude).*
630 Ioana Vultur : *Comprendre (L'herméneutique et les sciences humaines).*
631 Arthur Schopenhauer : *Lettres, tome I.*
632 Arthur Schopenhauer : *Lettres, tome II.*
633 Collectif : *Hériter, et après ?* Édité sous la direction de Jean Birnbaum.
634 Jan-Werner Müller : *Qu'est-ce que le populisme ? (Définir enfin la menace).*
635 Wolfgang Streeck : *Du temps acheté (La crise sans cesse ajournée du capitalisme démocratique).*
636 Collectif : *La cognition (Du neurone à la société).* Édité sous la direction de Daniel Andler, Thérèse Collins et Catherine Tallon-Baudry.
637 Cynthia Fleury : *Les irremplaçables.*
638 Nathalie Heinich : *L'élite artiste (Excellence et singularité en régime démocratique).*
639 François Jullien : *Entrer dans une pensée ou Des possibles de l'esprit* suivi de *L'Écart et l'entre.*
640 Régis Debray : *Civilisation (Comment nous sommes devenus américains).*
641 Collectif : *Mai 68, Le Débat.*
642 Geneviève Fraisse : *Le Privilège de Simone de Beauvoir.*
643 Collectif : *L'âge de la régression.* Édité sous la direction d'Heinrich Geiselberger.
644 Guy Debord : *La Société du Spectacle.*
645 Guy Debord : *Commentaires sur la société du spectacle (1988)* suivi de *Préface à la quatrième édition italienne de « La Société du Spectacle » (1979).*
646 Asma Lamrabet : *Islam et femmes (Les questions qui fâchent).*
647 Collectif : *De quoi avons-nous peur ?* Édité sous la direction de Jean Birnbaum.
648 Claude Romano : *Être soi-même (Une autre histoire de la philosophie).*

Composition Nord Compo
Impression Maury Imprimeur
45330 Malesherbes
le 10 août 2020
Dépôt légal : août 2020
1er dépôt légal dans la collection : février 2009
Numéro d'imprimeur : 247411

ISBN 978-2-07-036067-3 / Imprimé en France.

374682